ハヤカワ文庫 SF
〈SF2304〉

宇宙英雄ローダン・シリーズ〈628〉

隔離バリア

アルント・エルマー&ペーター・グリーゼ
鵜田良江訳

早川書房
8583

PERRY RHODAN

UNTERNEHMEN QUARANTÄNESCHIRM

DIE FAUST DES KRIEGERS

by

Arndt Ellmer

Peter Griese

Translated by

Yoshie Uda

First published 2020 in Japan by

HAYAKAWA PUBLISHING, INC.

This book is published in Japan by

arrangement with

PABEL-MOEWIG VERLAG KG

through JAPAN UNI AGENCY, INC., TOKYO.

目次

隔離バリア

登場人物

レジナルド・ブル（ブリー）………《エクスプローラー》指揮官
ストロンカー・キーン………………同乗員。首席メンター
ヴェスパー・フルテン………………《ピサロ》乗員。メンター
エリアス・カンタル
ノーマン・ザイツェフ
（ディオゲネス）
ミルタ・アブハシュヴァー
………同乗員
ジジ・フッセル………………………《クォーターデッキ》乗員。シガ星人
ライナー・デイク……………………同乗員。生物学者
ハイイキン……………………………植民地クロレオン人
ヴァティン……………………………同。遠隔ステーション上級監視員
タルシカー
スパルツァー
……………………………同。植民惑星艦隊提督
ヴォルカイル…………………………エルファード人
カルマー………………………………謎の戦士

隔離バリア

アルント・エルマー

1

プラットフォームは溶け去ったかのようだった。虹色に輝く光の遊戯だけが床の上で踊っている。エリアス・カンタルが知覚しているのは、自分が腰かけているシートのみ。ヴィールス・シートならではのやわらかさだったが、それに注意を向けたのはほんの一瞬のことで、かれはすべての感覚を光の遊戯に向けた。色彩が視覚受容体を強く刺激し、感じたことのない興奮が高まっていく。

新種の高揚感だ、と、エリアスは考えた。いままで存在したことのないものである。

ほら、ミルタ！　と、かれは心のなかでいった。口を開かなければだれにも聞こえないことも、すっかり忘れている。これを見てくれ。〝おとめ座の門〟を！　こんな恒星は見たことがないぞ。

黄白色の恒星が踊っている。そのリズミカルな動きを追おうとして、エリアスの瞳孔《どうこう》がひろがる。恒星は左へと急ぎ、エリアスは頭を、それからシートをまわした。光の遊戯がプラットフォームをめぐり、色彩のシャワーを次々と注《そそ》ぐ。カラフルな球体はふくれあがって、まもなくヴィーロ宙航士の視界の半分を満たした。

「すばらしい！」エリアスは叫んだ。「言葉にならないな。たんなるシミュレーションとは思えないぞ！」

自分の考えに気をそらされて、かれは現実にもどった。多彩な色のシャワーのあいだのかすかな揺らめきが、だれかがきていると教える。あらわれたのはひとりの女性。ミルタ・アブハシュヴァーだ。彼女はふとエリアスにほほえんだが、次の瞬間、真剣な顔になった。

「これを見てくれ」エリアスはいった。「プシオン航法でも、この〝イルミネーション〟の半分も興奮しないぞ！」

「あなたは時間をむだにしているわ！」女は非難した。「あなたがそこで感覚刺激に没頭しているあいだに、わたしたち、どうすれば隠者の惑星にいる仲間たちを助けられるのか、ニーモ・プラットフォームで考えていたのよ！」

エリアスのゆるんだ表情が徐々に引いて、消えた。ひそかに嘆息すると、恒星のダンスを追っていた回転をとめる。まずは目を閉じて、先ほどの経験と距離をおこうと努力してから、ふけっていた陶酔をなんとか追いはらった。

「イルミネーションを切ってくれ！」エリアスはヴィールス船に指示した。《エクスプローラー》複合体のセグメント八九九がそれを聞きとってしたがう。

「イルミネーション消灯！」よく通る声が告げた。あらゆる方向から聞こえてくるかのようだ。同時に色彩が薄まり、エリアス・カンタルがひたっていたカラフルなイメージの海が消えた。恒星の炎の球体が縮んで、テラナーの目のまわりで踊っていた霧からプラットフォームの輪郭がゆっくりと浮かびあがる。そこから五十歩もはなれていないところにかれの私的空間があって、その上に、透明なヴィールス壁にかこまれたミルタの居室が見える。

ヴィーロ宙航士はまばたきをした。

上方でミルタが立って手を振っている。そして下のここ、二メートルほど前方でも、彼女のホロ・プロジェクションが同じように手を振っているのだ。

「あがってきて」彼女の声が響く。ホログラムが消えて、上のミルタも見えなくなった。

エリアスは身を起こした。なごり惜しげにシートのくぼみに目をやってから、出入口のひとつがあるプラットフォームのはしへと大股に急ぐ。ここの壁はかたくて不透明だ。右のほうで、もよりの反重力領域への道をしめすちいさな矢印が光っている。出入口を出ると、上方が開けたまっすぐな通廊を早足で進んだ。ここの天井は十五メートルほどの高さがある。

「ニーモ・プラットフォームへ」エリアスはそういって目を細めると、天井のちいさな目印を探した。ありかを知っていなければ見つけられない。あの目印を床ではなく天井につけたのは設計ミスだった。これは《ピサロ》で唯一の欠点だ。

かれの周囲で反重力フィールドが形成された。不可視の力で床からそっと持ちあげられて、ミルタの居室と同じ高さのプラットフォームまで運ばれる。この、ぶらんこ状シートのある楕円形のくぼみを、かれらは〝ニーモ・プラットフォーム〟と名づけ、そこで意見交換をしていた。セグメントの乗員が定期的に集まって話しあう場所なのである。

エリアスは〝隠者の惑星〟のことを考えた。その惑星ははるか遠くにありながら、あまりにも近い。レジナルド・ブル指揮下のヴィールス船三十隻がそこにとらえられ、地表からはなれられなくなっている。

隠者の惑星は恒星〝おとめ座の門〟の最内惑星である。直径は一万八千三百二十五キロメートル、重力は一・四G、自転周期は三十六時間。居住惑星だ。

ニーモ・プラットフォームの高さまであがると、人々の話し声に迎えられた。そこには十数人がいる。搬送フィールドのベクトルが床と水平に変わり、エリアスはくぼみのはしまで移動した。ひろびろとしたくぼみは船全体を貫いており、ここが《ピサロ》の中枢、文化の中心だということを象徴している。

エリアスはくぼみから惑星のホロ・プロジェクションに目をうつした。南半球だけが見えている。広大な海と十万もの島。かれはくぼみに入って、プロジェクションのまわりをゆっくりと歩いた。北半球には興味がない。そこには唯一の大陸があり、無数の山脈やクレーター湖が見られる。北極は、直径二百キロメートル、高さ最大十二キロメートルの巨大な環状山脈にかこまれていた。まさに王冠《クラウン》よろしくこの惑星に鎮座している。

赤い光点がしめすのは、着陸したヴィールス船団の現在位置だ。

「きみたち、議論はしたが、結論は出なかったんだな」エリアスはいった。「わたしが解決法を知っているとでも？」

「そこまではもとめていないわ」ミルタ・アブハシュヴァーが応じる。「でも、あなたは手をこまねいているなんて耐えられない人でしょう。わたしたち、とにかくなにかをしなければ！」

エリアスは気もそぞろにうなずいた。かれらはおとめ座銀河団へと到着するまでに何度もより道をして、ありったけの記念品をこのセグメントに集めた。《ピサロ》の乗員は、ひとりのこらず冒険心にあふれ、異郷への憧れに駆りたてられている。

「惑星間空間のホログラムを」エリアスは指示した。ヴィーロ宙航士たちのあいだに黒い立方体が出現。そこに五本のアステロイド帯が、厚みの異なる微光の帯としてうつしだされる。このリングは五千年前に破壊された惑星の残骸である。アステロイドの状態は不安定で、飛び交う岩石群のために、惑星間空間の航行は危険だった。隠者の惑星は、ひっきりなしに大小の破片に襲われている。

　この〝宇宙の瓦礫《がれき》〟のあいだに数十隻のセグメント船が出ていって、調査をしたり、興味深いサンプルを採取したり、たんなる好奇心や冒険心から危険な瓦礫ゾーンを疾駆して操縦の腕を証明したりしていた。

「エレンディラ銀河の至福のリングね」ミルタが苦々しく、「ぜんぜん至福なんかじゃないのに！」

「まったくだ」ヴェスパー・フルテンが声を発した。かれは《ピサロ》唯一のメンターで、思考インパルスによってヴィールス船を操縦することができる。「われわれ、惑星をつつむバリアを消す方法を考えたほうがいいのではないか。あのバリアは惑星をはなれようとするすべてのものを破滅させてしまうのだから」

「なにもかも、あのいまいましい〝パーミット〟のせいだ！」エリアス・カンタルが憤然と、「あれはいったいなんなんだ？　通行許可証だと？　笑わせるな。わたしにいわせれば、すべてがとてつもなくうさん臭い。全員でイルミネーションに逃避するのがいちばんいいと思うぞ！」

　エリアスはふたたび惑星間空間のホログラムに目をやった。

「いや、もっといいのは仲間のあとを追ってリング一をすみずみまで調べることだ。すくなくとも、なにかやることが見つかって重苦しい考えから気をそらせるだろう！」

「つまり、あなたは以前のままってことね」ミルタがうなずいた。「イルミネーションに夢中になっているあいだに変わったのかと思ったけど！」

エリアスは彼女をきつい目で見たが、ミルタにいたずらっぽく見られて、その微笑につられてしまう。彼女を悪く思ったりできない。ミルタは真剣にいったわけではないし、エリアスがすぐに怒るタイプではないと、よくわかっているのだ。

「ブルは、われわれが隠者の惑星に着陸して、かれを助けに急行することを禁じた」と、ヴェスパー・フルテン。「それがかれの望みなら、運命にまかせるしかないな。それに、惑星にバリアを張るための施設が隠者の惑星にあると、だれがいったんだ？　もしかしたら、リングのどこかに設置されているのかもしれない！」

その考えは電流のように全員を貫いた。ありそうもないことはわかっている。ヴィールス船の超高感度装置もそれを裏づけるだろう。だが、ヴィールス船の複合体から分離して冒険に向かうもっともらしい理由が、ついに見つかったのだ。

「それでは出発だ！」エリアスが声を張りあげた。「全員、準備を。ヴェスパー、位置についてくれ。お笑いぐさだな、もしうまくいったら……」

最後までいうことなく、クロレオン人の〝有機組織文明〟の裏をかく方法について、さらに頭をひねる。着陸したヴィールス船との通信から、隠者の惑星での出来ごとや住民について、情報は得ていた。

アステロイド帯のおかげで無為に待つ時間を短縮できる。リング一にあるヴィールス船のリフレックスはふたつだけ。ほかのセグメントはリング二から五に専念中だ。

「エスタルトゥの奇蹟にかけて、スタート！」ミルタ・アブハシュヴァーがいった。エリアス・カンタルはプラットフォームのはしに向かうと、ふたたび反重力フィールドを作動させる。ミルタの声は、だれもがコスモクラートのヴィシュナを連想する《ピサロ》の声のように朗々としていた。

＊

まさに樽《たる》、という体型をしているせいで、ノーマン・ザイツェフにはいつのまにか〝ディオゲネス〟というあだ名がついていた。ディオゲネスとは古代ギリシアの禁欲的な思想家で、樽のなかに住んでいたのである。ノーマンは、百歳の誕生日のすこし前からディオゲネスと呼ばれるようになった。最初はおそれ多いと全力で抵抗したが、人間の心理とはそうしたもの。やがてすくなからぬ誇りを感じるようになり、急いでこの古典的な名前に性格を合わせようとしたのである。いまや、自分は古式ゆかしい人間だといいはっていて、《ピサロ》に十数人いるヴィーロ宙航士のだれひとり、それに異議をとなえようとはしないのだった。

ディオゲネスはちいさな動物園の飼育係を自任している。その動物園はセグメントの乗員が、おとめ座銀河団まで航行するうちにつくりあげたもの。ヴィーロ宙航士たちは、さまざまな惑星の土壌サンプルや植物、鉱物、化石などのほかに、たくさんの動物も収集し、その食性や生存環境を調査していた。動物たちはいまヴィールス船内で、もといた場所とほぼ同じ条件下にいる。ディオゲネスはそれら三十体ほどの動物の世話をしていた。

かれのお気にいりは〝七つ獣〟である。もっといい名前はだれにも思いつけなかった。七つ獣は、七つの瘤《こぶ》がある、腕の長さのジャガイモにたとえられるだろう。瘤はからだの上面に不規則に散らばっていて、そのなかに感覚器官が入っていた。からだの下には走行輪のような疑似肢が六つ。その気になれば、七つ獣はこの疑似肢を使って猛スピードで移動できるのだ。

とはいえ、その気になることはめったにない。

ディオゲネスにとって、この性質は好都合だった。もめごとはお断りだったから。そのいっぽうで、七つ獣がどれほど危険なのか、ことあるごとに周囲に吹聴《ふいちょう》していた。「このからだには、猛獣の種《たね》が七つかくれているんだ」などと話したもの。「なんだと思う？　テラの虎か？　惑星トムストーンのシュレックヴルム？　それとも、船にからみつくクリランクのヴァイドグか？　いや、どんな化け物よりも恐ろしいオクストーンのオクリルか？　もっとひどいものかな？」

ディオゲネスは毎回、こうして脅しをきかせてから急いで飼育用キャビンに向かい、《ピサロ》の乗員を一瞬にして追いはらうことに成功していた。ところが同時に、冗談と本気の区別がつかないヴィールス船は、違う説明を聞かされればかんたんに混乱することも判明した。たいていはヴェスパー・フルテンが救いの手をさしのべ、サート・フードに似たヴィーロトロンの下にすわって船にテレパシー・インパルスを発することで、混乱をおさめるのだったが。

ディオゲネスは飼育用キャビンに着いた。そこは格子《こうし》つきのせまい檻《おり》ではなく、動物がもといた惑星とほとんど変わらぬ自然条件の生命圏である。このキャビンはヴィールス船の形成初期に設営されていた。船はヴィールス素材から、できるかぎり乗員のイメージどおりのものをつくりだした。それは航行初期の十四日間におこなわれた。そのあとはもう、船のヴィールスのかたちを変えることはできないから。

ディオゲネスはしずかに口笛を吹いた。甲高《かんだか》い、ぴいぴいという声が応じる。ヴィーロ宙航士はハッチに近づくと、観察用の小窓を開けた。七つ獣は、ゆうに三百平方メートルはある自分の世界のまんなかにいる。ハッチに瘤を向けて。ディオゲネスは、動物が自分を観察しているのだと思った。

「なかに入るぞ」と、飼育係。「驚くなよ。ここ数日は大変だったから、二、三キログラムもやせたんだ。残念ながらな！」

観察窓を閉じて、ハッチを開ける。七つ獣は動かない。いい兆候だ。ディオゲネスはなかに入ると、惑星アーケインの奇妙な生物にゆっくりと近づいた。すぐ手前で立ちどまる。

「いい子だ、ほんとうにいい子だ。よしよし」と、ささやいた。「わたしだ。ディオゲネスだ！」

ジャガイモは人なつこくぴいぴいと声を発して、のんびりと動きだした。走行輪のような疑似肢で近づいてくると、ヴィーロ宙航士のズボンのすそのまわりをうろうろする。

「そうだよな？　わたしになついたってわけだ！」

ディオゲネスは身をひるがえしてハッチまでもどった。ところがそのとき、七つ獣がはじめての行動を見せた。かれについてきたのである。自分の生命圏の境界線を守るのもやめて、通廊のヴィールスの床に転がりでていく。かれはハッチを閉めた。

ディオゲネスは勝利のよろこびに満たされた。かんたんな言葉をかけて入念に世話をすることで、夢にも思わぬことをなしとげたのである。地球外生命体を飼いならしたのだ。船の動物学的分析によると、七つ獣はテラの犬に似たところがあるとわかっている。犬ほど知的ではないにしても。

「おいで！」と、声をかけた。「いい子だ。よしよし、ほら、こっちだ！」

七つ獣はディオゲネスの右足のそばについていて、からだの上側の瘤をかれのほうや、前方に向けた。動物が奇妙な疑似肢を回転させて前進すると、ぴちゃぴちゃという音がした。ハンドプレスでグリースニップルの中身を押しだすような音である。

「みんなのところに行こう」テラナーは意気揚々と、「目をまるくするだろうな。だが司令室はひろいから、逃げる場所はあるだろうさ！」

こうなると、七つ獣のことで船の男女をひどく恐がらせてしまったのは残念だった。かれらがディオゲネスの話を真に受けたのかどうか、定かではないが。

「セグメント八九九、分離します」船の低い女声が聞こえた。ディオゲネスはもよりのホログラム・ポイントに向かった。いくつかの着色ライトがしめしている場所で、ホログラムが見られるのだ。

ディオゲネスはプロジェクションを出すよう船に指示した。即座に通廊のまんなかに増強光の大パノラマ・スクリーンがあらわれて、外の出来ごとを表示。黄白色の恒星〝おとめ座の門〟の光がつくりだした輪郭はくっきりとしている。映像のほかの部分はエレクトロン手段で強調されていた。

セグメント複合体の一部が見える。《エクスプローラー》のアシンメトリーな基礎ユニットには、もともとヴィーロ宙航士ほぼ六万名が乗る千六百のセグメントがドッキングしていた。この複合体は架橋や渡し板や連絡トンネルを使って組みあわされ、穴だらけの3Dパズルさながらである。つい最近、一万名が乗った三百隻がブルのもとをはなれ、いまは千三百のセグメントがのこっている。その一部が隠者の惑星にとらえられ、一部はこの星系のリングを調査中だ。

ホログラムの映像がわずかに乱れた。周囲のセグメントが後方に引いていき、《ピサロ》とすぐ下のセグメントをつなぐタワーが見える。カメラの角度のためにタワーはふくらんで見え、なかほどはやけに太く感じられた。不規則なかたちのタワーは、船の素材と同じヴィールス製だ。

映像のタワーとセグメントが突如、後退した。何者かが拡大鏡の向こうの絵を遠くにやったかのように。複合体《エクスプローラー》がちいさくなっていく。《ピサロ》が移動を開始したのだ。

「もういいぞ!」ディオゲネスは船にそういってから、七つ獣に目をやった。隣りでじっとしていたが、かれがふたたび前に進もうとすると、ようやく横で身動きをする。ホログラムが消えて道が開け、ディオゲネスは司令室に向かった。

〝司令室〟とは大げさな表現である。そのような意味での中央制御室は、このヴィールス船には存在しない。《ピサロ》ではニーモ・プラットフォームが乗員たちの中心地になっていた。いまディオゲネスのいる場所から三階層下に集会室があり、その中央にヴィーロトロン……一種のサート・フードがそなえられている。そこが船長席ということ。メンター、つまりもと前衛騎兵が、頭にヴィーロトロンをかぶってヴィールス船とメンタル的に共生するのだ。メンターが船の一部となると同時に、ほかの乗員とも話をして、そのときどきの情報を伝える。

ディオゲネスは集会室に着いた。船長席にはだれもいない。メンターはかたすみの壁にもたれながら船にいくつか音声指示を出し、船は即座に応答していた。エリアス・カンタルはホログラムの一球体に集中しながら、記録媒体になにかを話しているところ。記録装置はかれの頭と同じ高さに浮いている。

ミルタ・アブハシュヴァーと話をしているのは、ファーストネームを持たない火星人ガーフィールドに、スペンサー・ドルーポ、レアンドラ・マサドラキス、オレグ・ポポフだ。ほかの乗員はその向こうで船の外被近くに立ち、パノラマ窓ごしに宇宙空間を見ている。ディオゲネスがホログラムで目にしたのと同じような光景だ。

「凪《なぎ》ゾーンにでも吸いこまれたのか！」ガーフィールドがにわかに叫んだ。ディオゲネスとその同行者を見て、「いったいどうしたっていうんだ？」

ほかの乗員も目を向けた。エリアスが報告の口述をやめる。会話もとだえて、すっかりしずまりかえった。ヴェスパーの声だけがまだ聞こえている。かれはヴィールス船をアステロイドのリング一に向かわせているのだ。隠者の惑星の外側をとりまき、スペクトル型Fの黄白色恒星を周回しているリング五本のうち、これはもっとも内側にある。

「きみたちの意見は違うかもしれないが」ディオゲネスは楽しそうに、「そろそろ、わたしのお気にいりを連れだしてもいいころだと思ったんだ」

そういって火星生まれに近づいた。ガーフィールドは、七つ獣が疑似肢を回転させながらディオゲネスの横についてくるのを見て、あわててあとずさった。

「餌《えさ》の時間でね」テラナーはいいそえると、自分の肉づきのいいからだをさすった。

「七つ獣も植物だけを食べるわけじゃない。肉も生命力のもとなのさ、友よ！」

ガーフィールドはひと跳びで出入口に向かい、

「開けろ！」と、叫ぶ。ハッチがスライドして開いたが、そこで船が発言した。

「七つ獣は無害です。犬か猫のようなもの。感染症は保有していませんし、細菌もウィルスも媒介しません。安心してなでられます！」

「冗談じゃない」火星人はうめいたが、とりあえず立ちどまった。ハッチが閉まる。

「おとなしいものさ」ディオゲネスはつづけた。「反応のすべてをたしかめられたわけじゃないが、なにもしないと信じてもらっていい。だれかがわたしになにかをしなければね！　いいか？」

「もちろんよ」ミルタ・アブハシュヴァーが応じた。「あなたになにかをしようとする人なんているかしら。それぐらいにしておきなさいよ、ノーマン！」

彼女はかれをノーマンと呼んだ。その言葉には嘲笑の響きがはっきりとあらわれている。かれは自分の体型のことを考えた。樽のようなからだを誇りに思うようになってから、ディオゲネスと名乗っているのに。ミルタの言葉ですこし不機嫌になった。

ノーマン・ザイツェフは唇を引き結んでガーフィールドに向きなおり、仕事のない水耕栽培技術者にさらに迫った。七つ獣はふたつの瘤を前方の火星人に向けた。ガーフィールドはわざとらしく微笑して、左手でなでるしぐさをする。

「おりこうな犬だな」声を低めてささやいた。「いい子だ！」

「きみがaクラス火星人ではなく、その家系出身でもないっていうのがわかるのさ」ディオゲネスはいばりくさって、「もしそうなら、ア・ハイヌという尊称を贈ってさしあげるのだがね。きみにこの名前の意味はわかるまい！」

ガーフィールドは身長が百九十八センチメートルもあり、ディオゲネスより頭ふたつぶん背が高いというのに、さらに身を伸ばした。

「タッチャー・ア・ハイヌだろう。チベット人ダライモク・ロルヴィクの高名な随行者だ。中国製陶磁器のコレクションで知られ、骨董品のコーヒーポットを目ざましがわりにしていた。タッチャー・ア・ハイヌは史上もっとも有名な火星人だ。かれの思い出に栄光あれ」

ヴィーロ宙航士たちはうんざりした顔をした。この話をどうすればいいのかさっぱりわからず、おちつきなく歩きまわっている。七つ獣はごろごろとちいさな音をたてた。火山の地鳴りのように聞こえる。ディオゲネスは目を細めて動物を見て、

「困らせないでくれよ」と、なだめた。「おりこうにな。そう、それでよし！」

「刺激しないほうがよさそうね」と、ミルタ。「名前をつけましょうよ」

全員が黙っている。ノーマン・ザイツェフは自分がこの場を仕切るべきだと思った。

「ブリーがいいと思うな。ディオゲネスの名にかけて」

こんどばかりは怒りの視線を浴びた。ブリーはセグメント複合体のリーダーの名前で、ヴィールス船はかれのもとに集まっているのだから。だが、異議は口にされなかった。ヴェスパー・フルテンが身を起こして近づいてきたのだ。

「リング一に到着した。なにからはじめる？」

かれらはパノラマ窓へと急いだ。ヴィールス船はエネルプシ・エンジンを切り、そのままの速度で岩石リングと平行に進んだ。アステロイドのほとんどが恒星の光を反射しないため、多くは見えていない。とはいえ、いくつかは光って目を引いた。

「有用金属や鉱物の探査からはじめよう」エリアスが提案した。「ヴェスパー、わたしが操縦する！」

もと前衛騎兵は同意するように頭をさげて、ヴィールス船に指示を出した。その視線は七つ獣にはりついている。

「おいで、ブリー。挨拶まわりはまたこんどだ」ディオゲネスは入ってきたハッチに向かった。だが、七つ獣はついてこない。ふたたび恐ろしげな低い音をごろごろとたてると、猛然とパノラマ窓に近づき、七つの瘤すべてを宇宙空間に向けた。

ディオゲネスは面くらって立ちどまった。だが、徐々にわかってくる。このブリーはもはや、気まぐれにアーケインと名づけられた惑星のただの原住動物ではない。七つ獣は、ほかの者たちにはわからないなにかを外に察知したのだ。

「ヴェスパー、エリアス、注意してくれ！」ディオゲネスは叫んだ。「ガーフィールド、地球外生物の出現形態に関するきみの知識の出番だ。重要なことになりうるなにかを、とらえた気がする！」

＊

《ピサロ》船内の緊張がはねあがった。数にして十三名の冒険者たちは、なにが自分たちを待っているのかと期待して胸を焦《こ》がす。無為に数日間をすごしたあとで、そろそろなにかをしたいと思っていたから。

地球を出発したあのときもそうだった。八週間前のこと。あのとき、ヴィールス・インペリウムがヴィールス雲になり、ヴィールス船となった。それはあらゆる形態と大きさをとることができた。大きさのほうはヴィールス容量の許すかぎりではあったが。ヴィールス船を手に入れられたのは、異郷への憧れがほんもので、見せかけではない者たちだけだ。宇宙に出たいという本心からの願いが、もっとも重要だったのである。

それでもトラブルはあった。レジナルド・ブルの《エクスプローラー》を中心とした複合体に四名のハンザ・スペシャリストがしのびこみ、暗躍をはじめたのである。かれらはブルから指揮権を奪おうとしたが、ブルがそれをはねつけた。もとハンザ・スポークスマンには、四名の強硬なやり方は認められなかったのだ。

そのハンザ・スペシャリスト四名のうち、二名は隠者の惑星にいる。のこる二名は宇宙空間のヴィールス船にいた。そのひとり、アギド・ヴェンドルがプシカムで連絡をよこしてきた。

「すべてのセグメントへ」と、彼女はいった。大きな目とちいさな口のある骨ばった顔は、無表情のままだ。青白い肌の上方に生えている赤毛は指先ほどのみじかさで、恒星の炎のようである。「ただちに帰還し、複合体にドッキングせよ。惑星バリアへのエネルギー攻撃を開始する!」

「われわれ抜きでやってくれ」エリアス・カンタルが応じた。興奮で顔が赤くなっている。「われわれはもっと重要なことをしなければならない。その攻撃もすぐに不要となるようなことを!」

エリアスは、防御バリアを発生させる施設がリング一にかくれている可能性を考えていたのだ。このリングは〝おとめ座の門〟から二億三千百万キロメートルの距離にあり、地球の九十パーセントの質量を持つ。エリアスはバリア解除の鍵となる発見をしたいと願っていた。なんでもいいからアステロイド帯でなにかを見つけたいと。リングは惑星の残骸で、文明のシュプールがあるはずなのだから。

「すべてわたしにまかせてもらうわ」アギド・ヴェンドルの声が聞こえた。「わたしはハンザ・スペシャリストで、なにをすべきなのかわかっている。あなたたちなど、ただの夢みる……」

彼女は黙り、冷ややかに微笑した。

「……おろか者。そういいたかったんだろう！」エリアスがいいかえした。「やせっぽちのばかなヤギ！」

女の目が危険なほど細くなった。

「切ってくれ」エリアスは船に叫んだ。「こんな映像は見たくない！」

接続が切れ、ヴィーロ宙航士たちはふたたび自分の任務に集中した。無為にすごす時間は終わった。かれらは、あれ以上テラでじっとしてはいられなかったのだ。広大な銀河では驚くべきことが演じられているのだから。そこで、力の集合体エスタルトゥまで飛びたいと願うレジナルド・ブルの仲間になった。謎の存在ストーカーがエスタルトゥはすばらしいと熱心に吹聴したからだ。

エリアス・カンタルは、指で空中に三本の矢を描いた。警告者のシンボルだ。これはエスタルトゥの旗じるしでもあり、第三の道をしめすものだと、テラを出発する前に聞かされた。

それについては、エリアスも《ピサロ》の乗員も、あまり気にとめていなかった。かれらは冒険をもとめていて、それは努力すれば見つかるのだ。通過点となった惑星は、どこも期待にたがわなかった。エレンディラ銀河で、まずはホロコーストと名づけた惑星に向かった。その惑星の文明は完全に消滅していて、のちに住民自身の手で滅ぼされたことが判明する。塵《ちり》でできた二十三のリングがホロコーストをさまざまな角度で周回しながらおおっていた。それはヴィーロ宙航士たちがはじめて目にする眺めであった。セグメントの小グループがホロコーストに着陸し、クルールと名乗るエルファード人と短時間、接触した。クルールはヴィーロ宙航士を攻撃してきたが、パーミットと驚くほど似ているパイプ状の物体と対峙《たいじ》したのち、自爆したのだった。

その世界は呪われているかのようであった。クルールはヴィーロ宙航士たちにべつの惑星の座標を教えた。そこにも同様にリングがあるという。そして、レジナルド・ブルはただちにそこへ向かったのである。

ブル一行はいまもそこで恒星〝おとめ座の門〟の呪縛にとらわれている。隠者の惑星に着陸した船は、二度とスタートできないから。

「探知の分析を」エリアスがもとめた。船が指示に応じる。

「これといった金属鉱脈も鉱物もありません」と、船。「現在のコースを維持しても、期待の持てる一帯にはぶつからないと思われます!」

《ピサロ》は航行をつづけ、エリアスは何度もコースを変えた。ヴィールス船が岩石リングの不安定な領域に入ったためだ。航行がむずかしくなり、ヴェスパー・フルテンがふたたび指揮をとる。その頭がヴィーロトロンの下に消えた。

「すでに衝突コースに入っている」と、ヴェスパー。同時にエネルプシ・バリアが張られたことに、ホロ・プロジェクションのそばの男女は気がついた。これはヴィールス・インペリウムの遺物である。閉じた空間歪曲をつくり、そこに船がかくれるのだ。対象物は……この場合には、こちらに向かってくる直径最大二キロメートルの比較的大きな岩塊の群れだが……船に到達することはできない。ヴィールス船の速度に応じて歪曲が動くにつれて、岩塊は横滑りしていく。ホログラムでは、突出した球形レンズで周囲を撮影しているように見える。

十分後、危険は去った。バリアが消え、船が計測の続行を提案。

七つ獣のブリーが低くうなった。動物はふたたびディオゲネスの横にきている。ディオゲネスは船内キッチンから反重力タブレットにおいしいものをいくつか運んでこさせ、食事をしていた。

「興奮したからね」食べる合間にかれはいった。「胃の神経をしずめてやらないと!」

「なにも起こらなければいいんだが」エリアスが応じた。「きみはこの猛獣をよく知っているんだろう。七つ獣はなにがしたいんだ？　アステロイド帯から危険が迫っているのか？」

「まさにそうらしいな、エリ。だが、どんな危険かはわからない」

「ヴェスパー、聞いたか？」エリアスがもと前衛騎兵に声をかけた。ヴェスパー・フルテンはうなずき、

「頭には入れておこう」と、いいそえて、船と自分のことに集中した。

《ピサロ》は、アステロイドがさらに密集している宙域に入った。直径数キロメートルの巨大な岩塊が、こすれあう大小のちいさめの岩にかこまれている。この錯綜のなかでときおり過剰な力がかかり、思わぬときに岩のひとつが虚無空間にはなたれ、リング二や隠者の惑星のほうに流された。アステロイド帯の軌道面と垂直にコースをとったり、これといった目的地もなく惑星間の虚空に消えていったものもある。

船がふたたびバリアにつつまれた。一アステロイド群がにわかにコースに入ってきて、加速しながら隠者の惑星方面に疾駆したのだ。衝突は避けられたが、この群れは数年後に隠者の惑星に到達するのだろう。

「金属の集中する個所を発見」その直後、ヴェスパーがいった。「だが、また消えてしまった。大きな岩がその領域とのあいだに入ってきたから。分析はできなかった！」

「航行開始。迅速に接近！」と、エリアス。このような場面でかれがリーダーになるこ

とを、ほかの者ははじめから受け入れていた。エリアスなら、長々と議論をせずに迅速な決定をくだせるからだ。

ヴィールス船は加速し、ホロ・プロジェクションに色彩の迷走をつくりだした。岩が多彩な火を吐く彗星と化すなかで、動かずまばゆく光る白光がひとつある。それは異物のようであった。エリアスの視線がプロジェクションに吸いよせられる。物体までの距離は、およそ五十万キロメートル。

「未知のものか？」エリアスは小声でいった。こうべをめぐらすと、横にディオゲネスがきていた。食べるのをやめて、額に汗を浮かべながら七つ獣をさししめしている。動物は大パノラマ窓からはなれようとしない。窓の向こうでは宇宙空間が多彩に光っていた。

「七つ獣が色を区別できているのか、白黒で見ているのか、わからないんだが」と、樽のように恰幅のいい者はいった。「なにかをかぎつけたようだ。異生物学者や異星動物学者が書いた入門書を信じていいなら、これは危険だというサインだろうな。ただわからないのは、どうやってかぎつけたんだ？　真空中を航行しているのに！」

「その答えは、ごくかんたんなものかもしれないぞ」エリアスはうなずいた。「解明しようじゃないか。全員、セラン防護服を着用。全面的な防御態勢をとる！」

船が初期につくった装備のなかに、ヴィールス・セランもあった。通常のセランと機能は同じだが、ヴィールスの特長として、あつかいやすく軽い。二分もしないうちに、《ピサロ》のヴィーロ宙航士全員が急いで用意されたスーツを身につけていた。

「緊急事態！」ガーフィールドの声がした。感激したような声音《こわね》だ。「これはほんものの緊急事態だ！」

どうなるのやら、だれにもわからなかった。だが、だれもが感じていた。胸のなかで宇宙の炎が、ここ数日ではいちばん力強く燃えあがっている。

「イルミネーションよ、エリアス。いまわかったわ、あれがなにを意味するのか」ミルタがエリアスに歩みよった。「あれは、あなたの炎をあおりつづけていたんじゃないかしら？」

「そうかもしれない！」

エリアスはパノラマ窓に近づいた。ついで、ホロ・プロジェクションに。かれらはいま、アステロイドがまばらになり、なんなく航行できる領域にきていた。ヴィールス船が減速し、突然とまる。岩のあいだで相対的に静止。

「ホログラムの一部を拡大！」エリアスが告げる。「きみたちはいま、探知結果がしめしたものを見ている！」

かれらはプロジェクションのまわりに集まり、自分たちの発見物に注目した。

「ごく慎重に」エリアスが警告する。「エネルギーを計測せよ！」

かれらの目の前にあったのは、一アステロイド上の、横半分に切断された金属製の卵であった。

2

「わたしは戦士ではない！」

レジナルド・ブルは空を見あげた。この惑星から出ることをさまたげている防御バリアは、不可視である。数本の黒っぽい筋が天穹《てんきゆう》を横切り、この惑星の火山活動がさかんであることを想起させた。

なにもかも、ブルが一種の通行許可証としてストーカーから受けとったパーミットのせいだった。悪魔のしわざだ。あれは通行証ではなく、災《わざわ》いのしるしだったのだから。パーミットに似たパイプ状の物体が決定打となり、エルファード人のクルールは惑星ホロコーストで自爆した。隠者の惑星では、パーミットが有機組織文明に臨戦態勢をとらせた。それは〝戦士のこぶし〟と呼ばれ、決闘のさいにたたきつける手袋だとみなされたのだ。器官細胞タイプのクロレオン人、器官メンディンの説明によれば、パーミットは五千年の時をへて勃発することになっている〝最後の闘争〟のしるしだという。

つまり、ここの社会は五千年ほどの歴史があるということ。五つの外惑星が破壊された結果、有機組織社会が生じたわけだから。隠者の惑星の文化は隕石の落下によって破壊され、居住種族は地下ブンカーに逃れるしかなかった。そこで最後の闘争への準備をしたのである。カタストロフィの詳細は忘却の彼方となったが、クラウン山脈の地下に史料保管庫があり、五千年の猶予期間がすぎてはじめて開封が許されるという。伝説によれば、史料保管庫の開封とともに世界の終末の時がはじまるのだそうだ。

秘密施設は、最後の闘争の軍勢を用意すべく、抗体タイプの増産をはじめている。ヴィーロ宙航士が到着して、なにかが引き起こされたからだ。ブルがパーミットを見せ、さらに通行許可証としての機能を確実にしようと、左腕にはめたからだ。

ブルは、力の集合体エスタルトゥからの使者ストーカーと、ストーカーにかかわるものすべてに悪態をついた。言葉巧みなきれいごとを信じるとはおろか者だと、自分を叱責した。いまも胸の内では惹かれているが、自信は揺らいでいた。起きていることの意味が理解できないから。

そこで、ブルはすべてをナンセンスだとかたづけることにした。

ずんぐりした男はセランの左の尻ポケットを手探りした。そこにパーミットが押しこんである。てのひらが熱くなった。引っぱりだして投げ捨ててしまいたい。

「あと十分ほどだ」と、つぶやく。「それ以上は待てん！」

かれは器官メンディンを救おうとして、仲間と別れることになった。ほかのヴィーロ宙航士には聞こえないテレパシーの声を、ブルひとりがとらえたのだ。その声はクロレオン人の〝意識の三人組〟だと名乗り、史料保管庫の開封に招待するといった。

違う、わたしをではない、ブルはそう訂正した。あの声が招待したのは戦士だったのだから。だが、かれらに会えば最後の闘争について話ができるはずだ。

レジナルド・ブルは髪が逆立つのを感じた。かれに戦う気はない。戦争や意味のない戦闘など、はるか遠くのこと。だが、史料保管庫に行けば、この身動きがとれぬ状況の背景がわかるのでは、と、期待していた。わかったら、鶴のひと声でこのばか騒ぎを終わらせるのだ。すべてはただのはったりにすぎない。なにもかもがただの間違いであるように、心の底から願っていた。クロレオン人はなにかを誤解し、歴史の誤認がのこした痛みに苦しんでいるのだろう。

十キロメートルほど向こうで、クラウン山脈の主峰が空にそびえている。クラウン状の峰々は北極をおおい、標高は最大で十二キロメートルにもおよぶ。

環状山脈の内側に、クローン工場〝母〟がある。すべてのクロレオン人はそこで生まれた。〝意識〟の居所もそこのはずだ。

「聞こえるか？」ブルはたずねた。ヴィーロ宙航士の橋頭堡《きょうとうほ》は南東に七キロメートル弱のところ。

「聞こえています、レジー！」ストロンカー・キーンの声だ。かれはもと前衛騎兵で、中核セグメント《エクスプローラー》の首席メンターである。結晶のようなかたちをしたセグメント一である《エクスプローラー》は、ブルの願望とイメージにしたがって形成されていた。「なにかありましたか?」

「なにもない。わたしは約束の場所にいる。左のほうで尖った岩が高くそびえているが、ブンカーへの入口は見あたらん。待て、音が聞こえるぞ。またあとでな!」

ブルは横を向いた。こすれ、きしむ音が耳に入ってくる。足もとの岩の地面が揺れはじめた。クラウン山脈に数千の隕石が同時に衝突したかのようだ。だが、錯覚にすぎない。

地面が開いた。岩のかけらが転がり、岩の地面の一部が裂けて、はなれていく。開口部から金属の塔がひとつあらわれた。みじかい尖った棘《とげ》をそなえ、ホロコーストで発見したエルファード人が身につけていたハリネズミのような鎧《よろい》を思いださせる。塔の棘は不規則に閃光を発していた。百メートル以上先までとどく光である。ぱちぱちと音をたてて放電し、同時に、ものをたたくようなぴしゃりという音もする。

反動とともに塔はとまった。直径五十メートル以上、壁にはテラの戦闘機が余裕をもって飛びこめそうな幅の開口部がある。

「そっちを包囲中の抗体はどうしている?」ブルは急ぎ通信機にたずねた。同時にトランスレーターをオンにする。

「なにも。動きはありません！」キーンの声を聞いて、ブルはすこし勇気がわいた。二名のハンザ・スペシャリスト、ミランドラ・カインズとコロフォン・バイタルギューと話さずにすんで、運命に感謝する。ホーマー・G・アダムスが送りこんだ男女は頑固で融通がきかず、ヴィーロ宙航士たちとはまったく相《あ》いいれなかった。ブルは自分が仲裁すべきだとわかっていたが、その時間はなかった。隠者の惑星の状況が徐々に先鋭化してきたから。

塔の閃光がやんだ。ブルはセランの飛翔装置を作動させ、地面すれすれを飛んで塔に向かった。開口部の十メートル手前で着地。器官細胞タイプ二名が近づいてきて、場所をあけるように身振りでうながす。

テラナーは巨大な鉢状の物体を目にした。それは塔のなかにあり、がっしりした体軀《たいく》の器官細胞タイプの一団にかつがれていた。鉢のなかに巨大な肉塊が三つあって、萎縮したからだはその下にほぼかくれている。この肉塊が脳なのだが、ブルの長い人生でもほとんど見おぼえのないものだ。これもまた、クロレオン人種族が時間をかけて達成した遺伝子改変の成果である。

直径十五メートルあまりの鉢がブルに向かってきた。塔の外にすっかり出ると、かつぎ手たちは立ちどまった。

「つまり、あなたは伝承どおりにやってきたというわけだな」と、テレパシーの声がブルにとどいた。この脳細胞タイプは三名でひとつの思考をし、一体化した意識を形成している。ゆえにかれらは有機組織社会の〝意識〟と呼ばれているのだ。

「ここへくるよう、きみたちに招待されたからきたのだ」テラナーは外交的に応じた。パーミットやほかのことに触れるのは避ける。クロレオン人を動揺させかねないから。

「あなたは、こちらからもとめずとも地下施設に押し入ってきただろう」と、かれらは応じた。「あなたは戦士だから。何者であれ、あなたを阻《はば》むことはできない。まわりをよく見て、どこで最後の闘争をするのか決めてもらいたい」

ブルはかぶりを振った。自分がこのすべてをどう思っているのか、面と向かっていってやりたい。だが黙っておく。クロレオン人たちとその統率者がどう反応するのか、手がかりはないのだから。

「史料保管庫だ」ブルはうながした。「そこに入るためにわたしを招いたのだろう！」

「どうぞこちらへ！　従者に運ばせたほうがよろしいか？」

「いや、けっこうだ！」ブルは拒否した。知的生物に運んでもらうなど沽券《こけん》にかかわる。自分の足で歩いていっても問題はないだろう。

鉢は塔にもどった。テラナーはストロンカー・キーンとみじかく通信をかわしてから、それにつづく。メンターは幸運を祈り、ブルの留守中に抗体と戦闘にならないように注意すると約束した。

戦闘は避けなければならない。ブルは争いを阻止したかった。エルファード人クルールが語ったギイダーの運命は、はっきりと記憶にのこっている。

開口部が閉じて、塔が下降していく。その時間を利用して、ブルはクロレオン人をじっくりと観察した。さまざまな職種の器官細胞タイプや、高感度な感覚器をそなえた神経細胞タイプもいる。だが、鉢の同行者の大半は脳細胞タイプだった。半球状の巨大な頭部は優美とはいいがたい。抗体タイプは見あたらないが、知れたものではない。近くにいる可能性は充分にある。

五分ほどで塔は停止。壁がふたたび開くと、奥に通廊があった。宇宙船内で見られそうな幅と長さである。床の中央にレールがあり、その上に一台の台車がとまっていた。車輪のついた台車で、ブルの命名した〝鉢の輿《こし》〟のために用意されたものだ。器官細胞は鉢を台車に乗せると、下の枠によじのぼった。

「高貴なる戦士よ、鉢の上にすわられよ」〝意識〟がブルにうながした。テラナーは浮上して鉢の輿の縁にすわる。

「光栄に思う」と、三名のうちの一名が、ほとんど見えない吻《ふん》から声を出した。「わたしは脳ハーディニンだ！」

それは右にすわっている脳細胞だった。まんなかのクロレオン人がいいそえる。

「わたしは脳ヴルネネン！」

三名めは黙っていた。脳ハーディニンがいう。

「かれは脳ドルーネネン。断固たる敵と知ることになられよう！」

トランスレーターはすべての言葉を正確に訳しているが、その言葉から心の動きを読みとるのは不可能だ。とはいえ、三名の〝意識〟全員が次に発したメンタルの問いは、クロレオン人統率者の考えを明かしたも同然であった。

「最後の闘争はほんとうに避けられないのだろうか、戦士よ？」

「どのような戦争も、やろうとするかぎりは避けられない」ブルは応じた。「きみたちはやりたいのか？」

だれも率直に返事をしない。はるか昔の、五千年前のことをなにか口にしている。それから、こうつけくわえた。

「史料保管庫だけが原因を知っている。原因を知らずになにかを阻止しようとするなど、無理というもの。病気と同じく！」

うまいことをいう、と、ブルは思った。クロレオン人の有機組織文明も一種の病気と考えるべきかもしれない。レール上の台車が動きだし、クラウン山脈中央の地下施設を通りぬけるあいだ、ブルはテラでのことを思いだしていた。人生でこれ以上重要なことはないかのように、あわただしく出発したときのことを。

執務室にすわりこんで責任を負う仕事はもうたくさんだと思ったのだ。自分は活発な男で、椅子をあたためるタイプではない。ブルは一ヴィールス雲に向かい、雲はかれのイメージに沿って一隻の宇宙船を形成した。目的地こそなかったものの、ヴィールス船のおかげで宇宙全体が目の前に開けたのである。旧暦二一三〇年から三四六〇年までエクスプローラー船団の代表をしていた時期にちなんで、その船を《エクスプローラー》と名づけたのだった。

そこにストーカーがやってきて、ブルとロナルド・テケナーとロワ・ダントンに、通行許可証だと主張して例のパーミットをわたしたのである。

ストーカーにはなんらかの意図があって、かれらを力の集合体エスタルトゥへ、エレンディラ銀河へと誘ったのだ。

そしてすぐに、なにかが起こった。

「ソト＝タル・ケル！」テラナーはいった。「ソト＝タル・ケルという名前に心あたりはあるか？」

クロレオン人の〝意識〟は否定した。その名前はまるで知らないという。さらに説明を試みても、どうにもならなかった。この惑星の史料保管庫が助けになるだろうか？

「きみたちは病気を引きあいに出していたな。ならば、わたしのことは戦士ではなく医師だと考えてもらいたい。わたしは殲滅《せんめつ》したいのではなく、癒したいのだ」

ブルは、驚愕のショックが意識の三人組の脳とからだを貫くのを感じた。数分間、かれらは返事をしなかった。やがて、脳は巨大だが思考は人工的な社会システムにとらわれている者たちから、おずおずとした反応が返ってきた。

「本心からいっているのか、手袋をした戦士よ？」

「そうだ」と、ブル。

〝意識〟が歓声をあげはじめた。鉢がにわかに台車の上で揺れる。

「われわれ、史料保管庫に望みをかけているのだ。最後の闘争などしたくない。防ぎたいと思っている。われらが種族への責任は、あまりにも重いのだから」

「それなら、わたしのことは仲間だと思ってくれ。わたしも戦争など望んでいない。きみたちはわたしを戦士と呼んでいるがな。最後の闘争など、意味はない！」

いや、意味があるのか？　ブルはそう自問した。パーミットの背後になにがある？　クルールの落胆はなにが原因だった？　クロレオン人が攻撃的になり、抗体兵士の生産が強化されたのは、なぜだ？

脳ドルーネネンも同じ線で考えていたようだ。ブルの気を引こうと吻を鳴らし、「われらが軍勢は戦争のためのもの。あともどりはできない！」と、宣言した。

＊

レジナルド・ブルは、この発言の二重の意味がよくわかる気がした。脳ドルーネネンがあともどりできないといったのは、戦争のことであり、軍勢のことでもあっただろう。だが、これに返事をするチャンスはなかった。鉢の輿が、周囲に宝石が飾られた背の高い門の前でとまったのである。その門は、はるか昔に移動手段として使われた転送機のアーチに似ていた。テラナーはふと、銀色の縁が輝きはじめるのではないかと思った。

奇妙な音がする。数秒して、ブルは器官細胞タイプの吻がたてる音だと気がついた。かつぎ手たちが台車を降りて門の前に集合し、閉じた門の左右で道をつくるように二列にならぶ。何名もの脳細胞タイプがかつぎ手のつくった列に沿って進み、門の土台のそばで半円形に集まった。ブルは高い位置にいたおかげで、それまでは壁にかくれていた制御卓二台をかれらが出すさまを見ることができた。脳細胞たちは連携して作業を進め、ほどなくして、コードが認証されたので装置が動きはじめることを告げた。

テラナーはクロレオン人の〝意識〟の動揺を感じた。鉢のなかの三名はおちつきなく身じろぎしている。巨大な頭がふらふらと揺れた。

「時は近い」かれらがそう思考するのを、ブルはとらえた。

「あの門の向こうに史料保管庫があるんだな」ブルは断言したが、脳細胞三名は否定した。

「あの向こうは隔離ゾーンだ。そこに抗体が住みついていて、招かれざる者が史料保管庫に入らぬよう見張っている！」

門が開いて、音もなく上方に消えた。歌を歌っていた器官細胞は、それをやめて鉢の輿の下に入ると、台車から輿をあげておろし、門を通りぬけた。台車は後方にのこされる。レールは門の前で終わっていた。

門の向こうには大きなマシンホールがあった。ブルに判断できるかぎりでは、どの装置も動いていない。しずかだった。死のような静寂。桟敷《さじき》のようなものがまんなかを通り、巨大な一ドームにつづいている。いま、ドームは壁の下部が見えるのみで、ほかのすべてはホールの天井より上だ。ドームの壁の周囲には数百名の抗体タイプ、つまりきわめて強力なクローンたちがいる。史料保管庫の見張りである。到来者を見てさっと銃をかまえた。かれらは脳細胞の制御を受けない。鉢の輿の行く手をさえぎると、一名が進みでて鉢をさししめした。

「この輿は空《から》だ。異人ひとりをのぞいて。何者だ？」

「手袋をした戦士だ。史料保管庫に入る許可は得ている！」脳細胞の一名が応じた。

ブルは意識の三人組に目をやり、次に抗体へ、ふたたび三人組へと視線をうつした。クロレオン人の〝意識〟を、抗体は知覚していないということ。これは保安処置なのだろう。抗体は基本的に、集団をはなれて動くもののすべてを攻撃するのだから。かれらにとって〝意識〟というのは、有機組織社会の枠に入っていないのかもしれない。だが、三名の脳細胞が最後の闘争の遂行を拒めば、裏切りとみなされて処罰されるのだろう。

抗体は道をあけた。通過の手続きがくりかえされる。鉢の輿が左右の金属にこすれて動けなくなった。いったん引きかえすと、かたむけて前進。何名もの脳細胞が命令をくだし、数名の抗体が器官細胞を手伝う。鉢の金属がきしんだが、ついに通りぬけた。抗体はあわただしく引きあげ、脳細胞が急いで出入口を閉じる。

かれらは大きな照明装置が点灯したドームのなかにいた。ドームの中央で、三世帯住宅のごとき巨大な直方体がそびえている。その外被はぼんやりと黒く光っていた。〝意識〟がブルの注意を直方体に向けさせ、

「史料保管庫だ」と、告げた。「われわれだけが開けることができる。テレパシー・インパルスに対してのみ反応するから。異物が存在すれば、ただちに認識する」

「わたしはそういう異物なのか？」

「われわれにはわかりかねる。あなたは戦士だ。戦士の出現は、歴史に伝わる史料保管庫の開封と密接な関係にあるため、あなたが異物とみなされることはなかろう。いまにわかるはず。その前に鉢を降りたほうがよろしいかと！」

ブルはうなずき、飛翔装置を作動させて、そっと床におりた。わずかに弾力があってたわむ床である。ブーツで素材を探ってみたが、苔《こけ》に似ているとしかわからない。人工素材なのか金属なのか、判然としなかった。

器官細胞は鉢の輿を直方体のすぐそばまで運んだ。そこで床におろす。鉢がかすかに

かたむき、ほかの器官細胞が急ぎやってきて、下に支えの物体を入れた。

ドームに静けさがもどる。

「扉を開けるぞ！」三名がそう思考するのを、ブルはとらえた。そのあと、テラナーは三人組の思考をキャッチできなくなる。ストロンカー・キーンとコンタクトをとろうとしたが、つながらなかった。通信は途絶している。このドームにはインパルス吸収作用があるのだろう。

支持体の上の鉢がにわかに震えた。〝意識〟の萎縮したからだが巨大な脳の下にすっかり消えて、ちいさな吻からあえぐような声が聞こえた。脳細胞三名は極度に集中している。巨大な頭蓋の表面に微小な液体の玉ができた。精神的な重労働のために汗をかいているのだ。

突如として、ホール全体にため息がひろがった。床の脳細胞たちが発したものだ。かれらは、鉢のなかの重労働の成果を最初に目にできたのである。

時代遅れな金庫室の入口を思わせる扉が、音もなく開いた。開口部の奥でライトが煌々《こうこう》と光り、しわがれた声がクロレオン語で告げる。

「入られよ。きみたちを権限ある者と認める」

鉢の下の支持体がとりさられて、器官細胞が鉢を直方体のなかに運んだ。ブルはそれにつづいたが、器官細胞があわただしく支持体をとりつけなおすと急いで外に出ていったので、あやうく突き倒されそうになる。ブルは輿の横に行き、目の前にあるわずかなものをじっくりと見た。

この直方体のなかにあるのは、ひどく古い記録装置のみである。現在のクロレオン人の技術をいくらか理解していたおかげで、ブルには判断がついた。この記録装置は、まちがいなく五千年前のもの。

「この記録装置は、保管庫を開封したさい自動的に作動した」という〝意識〟の思考をブルはとらえた。「これはわれわれの知識の内にあったこと。記録装置はまず最初に、完全に機能するかどうかをたしかめるため、しばしの時間を必要とする。それからわれわれの望みをたずねてくるはず！」

テラナーは奇妙だと思った。脳ハーディニンと脳ヴルネネンと脳ドルーネネンは、コンピュータの作動様式を詳細に理解している。それなのに、中身のことをすこしも知らないとは。隠者の惑星のだれひとりとして、当時の出来ごとを知らない。それとも、時がすぎるまで知ることが許されなかったのか？　そういうことなのだろう。

のろのろと数分がすぎ、ブルの好奇心がふくれあがる。少年のような無邪気さと忍耐のなさに、いまなおとらえられていた。ハンザ・スポークスマンの地位をほうりだしたときに襲われた、あの気分である。

「たずねよ！」記録装置の声が響いた。テラナーはあやうく聞きのがすところだった。

「用意はできている！」

「この異人がだれだかわかるか？」脳ハーディニンが声に出してたずねる。

「猶予期間はほぼすぎた。〝意識〟がここを訪れ、その案内で異人がやってきたのだな。この五千年間になにが起きたか、わたしが知っているといっても、驚かぬように。わたしはけっして眠らないのだ。わが使命は知識を守るだけでなく、あれから起きたほかのすべてをも記録すること。時はきた。最後の闘争を指揮する戦士を歓迎する。この者が戦士でないはずはない！」

ブルの好みからいえば、この記録装置のいいぐさはあまりにも大げさだった。なんといっても、こちらにできることはかぎられている。戦士の姿が記録装置に保存されていれば、目の前にいる異人はもどってきた戦士とは違うとわかるはずだ。これで多くのことがすんなりと進み、誤解も解けるだろう。クロレオン人は、ブルが〝決闘の手袋〟をたたきつけにきたのではないと、信じるしかあるまい。

「われわれ、知識をもとめてここにきた。聞かせてもらいたい！」と、脳ヴルネネン。

「五千年前になにがあったのか？」

「長い話だ」記録装置はいった。その声はときおり不明瞭に、不安定になる。長い時をへて損傷がなかったわけではないという証拠だ。その記録もぶじではないかもしれないと、ブルは推測した。思い違いだといいが。

「話を聞くのが楽しみだ、記録装置よ！」ブルは叫んだ。「われわれが隠者の惑星と呼んでいるこの惑星で、なにがあった？　われわれが〝おとめ座の門〟と名づけた恒星の星系で、なにが起きたのだ？」

かちり、がちゃがちゃという音が応じた。記録装置のいくつかの亀裂から、青みがかった煙がうっすらとたちのぼる。鉢の輿の脳細胞三名はうろたえ、ブルは念のためにあとずさりした。

「いまだけは壊れないでくれ！　きみの知識が必要なのだ！」と、ブル。かれの言葉をトランスレーターがただちに訳す。

「予備システムに切り替える」と、返事があった。「しばし待たれよ。緊急事態が生じた。予備システムに切り替える！」

記録装置に制御盤はなく、ランプも計器類もない。装置はふたつに分かれた箱で、ポスビのフラグメント船を思いださせた。滑らかな側面の一カ所が隆起していて、そこに格子状のスピーカーがある。

ふたたびかちりと音がして、機械音声が明瞭になった。

「これはわたしの歴史だ」装置は告げた。「特定のある時点にいたるまでの、クロレオン人種族の物語である。それは五千年前に起きた！」

3

「植民者たちは、より多くの権利と自由をもとめている。かれらはクロレオンとの関係を断とうというのだ！」

輸送船の船長サダンマグが腹だたしげなしぐさをすると、まわりじゅうから同意の叫び声があがった。星系行政官カリマコスは手を打ち鳴らし、半球形の頭部を揺らした。頸はなく、胴から頭が転げ落ちそうである。からだの中央にある吻が不満げにぴちゃぴちゃと音をたてた。

「まったくのたわごとだ」と、カリマコス。「わたしはほかの五星系の行政官と話をした。それぞれに反逆者はいるが、あらゆる手段を使って住民をそそのかそうとする者はわずかだ。われわれ、かれらを屈服させ、おろかな考えを正式に放棄するよう、もとめなければならない！」

輸送船の船長はこの言葉を聞いてよろこんだが、星系行政官の考えにすっかり同意することはできなかった。

「カリマコス、あなたは賢明で、経験も豊富だ」サダンマグはいった。「星間帝国の主星に住むあなたは、そこの状況をよくご存じのはずだが、たびたび不在になさっている。このようなことは急激に進展して猛威をふるうもの。植民惑星に秘密警察はなく、設置しようという画策も芽のうちにつまれた。それも当然。秘密警察が故郷惑星でも禁じられていることは、植民者たちも知っているのだから。目を光らせておかなければ。外の世界で、これまでのような平和はいつまでつづくのでしょうな？」

スクリーンでは黄白色の母星が輝き、いつものように六惑星が周回している。六つのうちの五つが居住惑星だ。移住は第二惑星ニルモンや母星クロレオンから進められた。最外縁の第六惑星は宇宙航行時代初期から資源の産地として利用され、重工業が発展している。輸送船《キビスファー》は、ちょうど第六惑星の公転軌道外に出たところだった。故郷星系から二十光年はなれた惑星アルヴァアンドレーの星系に向けて小ループに入る準備をしている。

クロレオン人は、宇宙航行を開始したのち、小規模な星間帝国を築くことに成功した。〝おとめ座の門〟近傍には六つの星系があり、そのすべてに条件のいい惑星があった。すぐに移住がおこなわれ、クロレオン人種族は全植民世界に急速に進出していく。故郷クロレオンの政府代表は、すべてが移住者たちの望みどおりになるようとりはからった。最高位の為政者は星系行政官であるものの、各植民惑星は独自の政府を擁し、程度の差はあれ自治が営まれている。

かれらはそれをクロレオン帝国と名づけた。すべての要人たちが、故郷星系をこえた種族の統一を維持しようと腐心していたのである。

その点で問題が起きたことはなかった……最近、はじめて不穏な動きが見られるまでは。だが、各星系の行政官は権力を維持できると確信していた。

多くの宙航士のあいだで、警告や助言に関する奇妙な噂が流れだしたのはそのときだ。クロレオン人は以前から、この銀河にほかの宇宙航行種族がいること、自分たちの船がそのような未知者とときおり遭遇することを知ってはいた。そこでトランスレーターがプログラミングされ、コンタクトが成立。意見がかわされ、招待もされた。ところが最近は、警告を受けるばかりなのである。

カリマコスは、サダンマグに返事をするまで長い間をおいた。そのうちに、ウォーゲンと呼ばれる宇宙船は星系の数学的外縁に達し、小ループへの落下の準備に入った。船の深部で強力なマシン群が作動し、宇宙船の周囲にヴァイオレットにきらめく氷の被膜を形成する。自動温度調整装置なくば、船内の生物は短時間のうちに凍死していただろう。

ゴングの音が、宙航士たちにシートにつくよううながした。かれらは指示にしたがう。スクリーン下端の数字でカウントダウンが急速に進む。

そして、それが起きた。いつものとおり、氷の層が平滑面を高速で引き裂く。宇宙に張りわたされた、通常空間と高次元を隔てる計測不能な重力被膜を破ったのである。炎のごとく赤い閃光がスクリーンをかすめて、船に衝撃がはしった。氷の層が溶けはじめる。そのあいだに《キビスファー》は異質な連続体を疾駆して、迅速に二十光年の距離をこえるのだ。この移動中、目的地や故郷星系との通信は不可能だが、探知装置は作動しつづけ、説明不能な高次元インパルスを分析する。ほとんどは解明できないが、ときおり奇妙な重力突出に遭遇した。すると突然、小ループに穴があいたように見え、この穴に接近すると、ループから転がりでて三次元空間にもどる。こうして自動的に衝突が回避されるのだ。というのも、詳細はどうあれ、この重力突出はほかの宇宙船をしめすものだから。べつの方向から接近している、あるいはみずからのコースを航行している、さらには交差するコースをとっているような相手なのである。

けたたましい警報のサイレンが、またしてもそのようなケースに遭遇したと告げた。ウォーゲンは震えてぐらつき、スクリーンに星々があらわれた。ループは中断され、船内のマシンは作動停止する。コンピュータが自動的に切ったのである。

天文学上のデータは、十光年を移動ずみだと表示していた。宇宙船は恒星間の虚無空間で相対的に静止する。二光分と距離をおかずに、もう一隻の宇宙船が平滑面から姿をあらわした。バーベルのような形状で、クロレオン人がはじめて目にする船である。

「コンタクトを試みろ!」サダンマグは通信士にいった。《キビスファー》から、既知のあらゆる言語で通信が発せられる。

返答は驚くほど早くもたらされた。

「こちら、宇宙船《崇高》である! 〝第三の道〟からきた。きみたちはクロレオン人だな。ウォーゲンでわかるというもの!」

主スクリーンの下の一画面が明るくなり、サダンマグの見たこともない生物がうつしだされた。輸送船船長はすべての感覚器を画面に向けて、

「そのとおりだ」と、応じる。「われわれ、われらが植民惑星のひとつに向かう途上である!」

「話は聞いたことがある。クロレオン人種族が急速にひろまり、力をつけていると、商船の宙航士たちが報告していたからな。きみたちに警告しておきたい。領土拡張の意欲にも限度があるぞ。ここで出会ったのは偶然だが、いくばくかは運命かもしれん。われわれの警告を軽く考えないことだ!」

輸送船船長は、三十六ある目のうちの数個を使って見ていた。星系行政官カリマコスがかたわらにくると、スクリーンに向かってなだめるようなしぐさをし、

「ご心配にはおよばない」と、請けあった。「わたしは政府代表だ。クロレオン種族がこれ以上ひろまることはないと保証できる! そちらの憂慮はゆえなきもの。われわれ、

恒星間における権力者の地位などもとめてはいない！」

「手遅れでなければな」と、返事があった。「戦争にとりつかれた戦士カルマーと配下のエルファード人の注意を引けば、後悔することになろう！」

「カルマーとは何者だ？」サダンマグが急ぎたずねた。「どのような姿をしている？」

「われわれ、先に進まなければ。ぶじを祈る！」と、《崇高》の生物。映像通信が切れ、一瞬ののち、バーベル船は平滑面の向こうに消えた。

星系行政官に向きなおったとき、輸送船船長の声はいくらか震えていた。

「では、警告はただの噂ではなかったのか。予感はあった。あの裏には真実がある。強力すぎる種族が生じないように見張っている勢力が存在するのだ」

「あるいは、一定の規模に達した種族は試験されるのかもしれん。われわれクロレオン人に、そのような試練を乗りこえる力がないとでも？」と、カリマコス。

サダンマグは返事をしないほうがいいと考えた。ポジションを正確に計測し、コンピュータをプログラミングしなおす。宇宙船は小ループにもどり、アルヴァアンドレーがある星系の外縁にあらわれた。赤色矮星《わいせい》が刺すように輝いている。だが、はるかに鮮明に見えているのは、空間のまんなかに生じた冠状のエネルギー・ビームであった。《キビスファー》に高速で向かってくる。船長はどなり、ボタンを押してみずから操船。エンジンが咆哮《ほうこう》をあげ、ウォーゲンはコースをはずれて第二宇宙速度と第三宇宙速度のあいだで揺れた。

「こちらカリマコス！」星系行政官がマイクロフォンに叫ぶ。「いったいどういうことだ？　この歓迎ぶりはなんのつもりだ？」

カリマコスはわずかにからだを縮めている。そのしぐさから、ある問いがはっきりと読みとれた。

カルマーのしわざなのか？

だが、現実はより深刻であった。それは惑星アルヴァアンドレーの船団で、植民者たちが乗っていたのである。

「回頭しろ！」植民者は要求した。「この星系を去れ。アルヴァアンドレーは四時間前に独立を宣言した。事態が沈静化するまで、故郷星系の宇宙船は一隻たりとも接近させない。星系行政官は罷免《ひめん》した。好きなところに行くがいい！」

再度の斉射が要求を念押しする。だが、そのときすでに《キビスファー》は回頭し、逃走していた。サダンマグは帰還航行をプログラミングすると、今回はとどこおりなく到着できるように願った。クロレオンに警告しなければならない。

「おわかりか？」サダンマグはかすかな非難をこめてカリマコスにいった。「政治しか頭にない星系行政官よりも、場数を踏んだふつうの船長のほうが、ときには状況を正しく判断できるもの。政治ほど浮世ばなれしたものはないから。クロレオン議会がなんの話をしているか、ご存じか？　地面を傷つけずにゴムの木を植樹する最良の方法について。だが、どの議員がたも、参事官や大臣も、自分の手で地面に木を植えたことはないときた！　政治と現実の世界との違いはそこだ。実践をとことん拒否する！」

　この非難に、星系行政官はひと言も反論することができなかった。

＊

　つまり、これは植民者の反乱であった。炎のごとくひろがり、六星系すべてで、ほぼ同時に勃発した。

　サダンマグはあれ以上なにもいわなかった。かれの話に耳をかたむける者はいないだろう。一介の船長にすぎないのだから。

　輸送船船長は、カリマコスを搭載艇に乗せてクロレオンの周回軌道へと送りだした。最内惑星は湯が煮えたぎるボイラーのようである。通信が飛びかい、伝令船が軌道まで疾駆し、宇宙船は強制徴用されていた。だがサダンマグにとり、政府の悪あがきなど笑止であった。

「第三惑星に向かう」搭載艇が帰還すると、サダンマグは乗員に伝えた。「そろそろドックに入って技術面をチェックし、第六惑星に冷凍メルカスメンを輸送するころあいだ。農業本部から緊急連絡が入った！」

船内のクロレオン人は安堵の息をついた。いま考えられる最悪の事態は、軍使や兵士を乗せて六つの星系のいずれかに送られることだったから。だが、政府はそのような緊急事態にそなえて、いわゆる高速ウォーゲンを所有している。《キビスファー》より機敏で正確に航行できる、最新技術水準の宇宙船だ。

輸送船船長はウォーゲンをドックに入れた。三昼夜休んだのち、貨物の受け入れを開始。ヴィジフォン・ステーションが植民惑星の状況は緩和したと報じたからだ。各惑星の新政府代表がクロレオンに向かっているという。故郷世界に既成事実をつきつけ、かれらの要求を協定として承認させるために。

「いったとおりだな」サダンマグはそういうと、貨物の書類にサインした。その直後、ウォーゲンは離陸していったん周回軌道に入り、そこから数時間にわたる惑星間航行に向かった。

植民者の要求は恒久独立である。いいではないか。自分たちの非を認めず、故郷世界に不満をぶつけながら依存している植民地よりも、独立した世界のほうが、緊急時にはいい友となり同盟者となるかもしれない。

すくなくとも輸送船船長はそう考えていた。

《キビスファー》は、まっすぐ第六惑星に向かった。恒星間空間から数十の通信をキャッチする。クロレオン近傍でこんなに恒星間航行がこみあったことはない。これほど密に宇宙船が飛びかえば目だってしまうはずだと、サダンマグは考えた。

「本星系の外縁で強力なエネルギー放射」操縦士が報告した。「計器表示に注意を！」

その数字は許容範囲の上限をはるかにこえていた。どうやら一艦隊が外宇宙を航行しているようす。微小な光点がスクリーンに入ってくる。サダンマグは百隻ほどと判断した。

輸送船船長は警報を発した。一瞬ののち、クロレオンと通信をつなぐ。六惑星はいずれもまだこの現象に気がついていないようだ。クロレオン人たちは、あまりに内政や植民地の出来ごとにかまけていたのである。

「宇宙船の一艦隊だが、数が多すぎる」サダンマグは推測を伝えた。「植民者の連合軍のはずはない！」

未知の相手は通信による呼びかけに応じることなく、第六惑星の公転軌道に急速に接近し、散開。見たこともない異質な艦である。その大部分は惑星間の虚空に散らばった。

第六惑星は警戒態勢をとるも、この脅威から身を守るすべは持ちあわせていない。

サダンマグは《キビスファー》の武装を徹底的に確認させた。多くが投入できる状態ではない。武器に全力を発揮させるには、もっと強力なエネルギー反応炉が必要なのだ。だが高額なため、輸送船船長は、自分が生きているうちにあらたな反応炉を調達するなど計画もしていなかった。そのうえ、ビームもミサイル射出装置も老朽化してほぼ機能しなくなっている。

未知艦はエネルギーの雷を放出した。とほうもない放電が惑星間空間を疾駆する。惑星の夜の側が昼のように明るくなった。眠っていたクロレオン人も、このときばかりは目をさまし、情報をもとめてメディア装置のスイッチを入れた。

こうして、敵の存在が明らかになった。クロレオン人種族に力を味わわせるべく、あらわれたのだ。

ありとあらゆる船やステーションの計測装置が焼き切れた。宇宙空間でのエネルギー放出が容量をこえたのである。だが惑星や衛星は被害を受けず、いくつかの自動ステーションが破壊されたのみであった。

これはサインだ。すくなくともサダンマグはそう見ぬいた。未知者はみずからの優位をしめそうとしたのであって、人的危害をくわえるつもりはないということ。

輸送船船長は、たくさんの目から鱗《うろこ》が落ちたような気がした。いままでは植民惑星の出来ごとに気をとられていて、未知者の意味には考えがおよばなかったのだ。

「急げ!」サダンマグは通信士に叫んだ。「もう一度クロレオンとつないでくれ!」

つながったのは数分後。サダンマグは興奮で息もたえだえになり、

「やっとか!」と、叫ぶ。「なぜこうも時間がかかる! カルマーがきた。聞こえるか? 噂はほんとうだった。われわれにくりかえし警告した宙航士たちのいったとおり、

戦士カルマーがあらわれたのだ！」

かれがそういうとほぼ同時に接続は切れ、惑星間のエネルギー流も消えた。未知者の艦は動かない。星系外で待機していた艦隊が移動をはじめ、まっすぐにクロレオンに向かうと、高高度の周回軌道に入る。

そして、クロレオン人の予想もしなかったことが起きた。それは奇蹟に近く、星系住民に未知者の技術的優位を見せつけるものであった。サダンマグはその帰結を理解してつぶやいた。

「われわれは無力。カルマーがなにを要求しても、われわれには阻止できない。いやおうなく同意するしかない！」

宇宙船や宇宙ステーションのあらゆる場所に、スピーカーの役目をはたすエネルギー・フィールドがあらわれたのだ。惑星の複数の町や、小規模な居住地の上空にもこのようなエネルギー・フィールドがかかり、未知者のとほうもなく巨大な映像をうつしだした。星系内のクロレオン人は、植民惑星の代表数名もふくめて全員、この出来ごとを見のがすなどありえなかった。エネルギー・フィールドはあらゆる場所に出現したから。

そして、声が響いた。技術的にどこから発せられたのかは不明だが、声は流暢《りゅうちょう》なクロレオン語で告げた。その内容は信じられぬものであった。

「わたしは戦士カルマーである」未知者の声は告げた。「わたしがきたのは、クロレオン人種族が目についたからだ。これよりただちに、この種族はわたしに従属する義務を負う。わたしの意向にしたがわなければ、厳罰をくだす！」

サダンマグは顔色を失った。どれほどの服従を強いられるのか、わかったからだ。かれは震えはじめた。乗員たちはおびえた目をしている。エネルギー・フィールドが消えると、ほとんどの者は安堵して吻をごろごろいわせた。

「助かるには、逃げるしかない」輸送船船長はかすれた声でささやいた。「いちばんいいのは、いますぐにだ！」

だが、実行はできなかった。事態が急展開し、政治家たちが驚くべき速さで未知者の要求に反応したから。

なにが起きたのかを耳にして、サダンマグは目眩《めまい》をおぼえた。

＊

迅速な応答は、政治家がついに自分たちの責任を自覚した証拠だと思ったが、勘違いであった。逆だったのだ。

「断る！」星系政府は告げた。すべてのクロレオン人が聞いている。「降伏はしない。われらは自由な種族である。何者であろうとも、ここへきてそのような要求をすることはできない。われわれ、戦士カルマーなど聞いたこともない。クロレオンへくるがいい。

着陸して姿を見せるのだ。直接、顔を合わせて要求と意図をいえ！」

輸送船船長は叫び声をあげた。黄色いボタンを力いっぱいたたき、通信機を切る。

「かれら、もはやどうにもならん」と、大声で、「自分たちがなにをしているか、わかっていないんじゃないのか？」

政治家は理解していないようだったが、カルマーの答えはただちに返ってきた。ふたたびエネルギー・フィールドがあらわれ、戦士が告げる。

「抵抗は認めない。ゆえに、わたしが本気だということをしめそう。この星系の外側の五惑星を破壊する。存続するのはクロレオンのみ。三日間の猶予をあたえる。該当する惑星の住民を避難させよ！」

サダンマグはいままで感じたことのないむなしさを感じた。気を失う寸前だったが、はっとわれに返り、

「コースを維持！」と、金切り声をあげる。「メルカスメンその他、すべての貨物をエアロックから放出しろ。救える者を救うのだ！」

敵の宇宙艦船は星系から撤退したが、星系外への航行は遮断している。これは考えぬかれた戦略だった。クロレオン人の宇宙船は、星系内にいるかぎり、平滑面を突破して小ループに入れる速度には到達できないからだ。サダンマグのウォーゲンが第六惑星に着陸し、避難者を無条件に受け入れているあいだ、政府も頭をひねったらしい。政府が

最初に発した通信では、あの最後通牒《つうちょう》をたんなる脅しとかたづけ、住民に冷静な行動を呼びかけていた。だがいまや、動ける船のほとんどが危機の迫る惑星へと向かっている。そのため、理屈をこねるばかりの者もそれを追認し、史上最大の避難を開始せざるをえなかった。

三昼夜はあまりにもみじかい。そうわかっていたのはサダンマグだけではなかった。ウォーゲンは最大積載重量超過のため、エンジンが限界に近く、大きく揺れながら大気圏へと上昇した。クロレオンに着いて人々をおろすと、ただちにスタートしてふたたび避難者を収容する。乗員は必死に働き、休憩もとらず、二昼夜ののち体力を使いはたしたが、サダンマグはなおも部下を駆りたてた。かれは力なくシートにもたれていた。宇宙船がたびかさなる着陸で破損しなかったのは、ひとえに高性能コンピュータのおかげである。乗員たちは、航行の安全確保に手をまわすことができなかったから。

そのあいだに、カルマーがふたたび告知をした。二十隻ほどの未知艦が星系内に入り、クロレオンに接近する。

「わが武器保持者であるエルファード人たちが第一惑星に向かい、そこに一ステーションを建設する。じゃまだても接近も許さぬ。これが条件だ。この条件が満たされなければ、クロレオンを破壊するであろう！」

条件は満たされ、三日めになった。三度めの夜が明けるころ、自分のシートで眠っていたサダンマグはコンピュータに起こされた。ほかの乗員は疲労で気を失っている。それでも船長は気力を振りしぼって第六惑星に着陸。クロレオン人が船に殺到し、多くの者が負傷したり踏み殺されたりしたが、サダンマグはどうすることもできなかった。司令室に鍵をかけて、いますぐに逃げだせれば、人生はどれほどかんたんだろうかと考えた。だが、クロレオンには家族がいる。かれの帰りを待ちわび、心配していることだろう。生きていると家族に伝える時間さえなかったのだ。

これが最後の航行だ。目的を達することはできなかった。五惑星全体で、避難できた住民は半分にすぎない。クロレオンには人があふれ、食糧供給は崩壊寸前である。

帰還の途についたとき、サダンマグはすでに戦士の艦を探知していた。ゆっくりと接近している。輸送船船長は全力で船を駆り、朝もやのなかクロレオンに着陸すると、エアロックを開けて人々をおろした。戦士カルマーがふたたびメッセージを発したと聞いて、かれは午後まで気を失った。意識がもどったのは、施錠されたハッチを救助隊がバーナーで焼き切ったときのこと。

すでに、それは起こっていた。戦士の補助種族が五惑星を破壊したのだ。クロレオンの部隊はとうに撤退している。最後に戦士が告げた。

「わが言葉は実現し、惑星は破壊された。わたしはクロレオンをエネルギー・フィールドでつつみこんだ。これは、きみたちが故郷世界をはなれることをさまたげるもの。きみたちがつまずいたのは自業自得だ。みずからの不充分さゆえに破滅した。わたしに逆らったのだから」

戦士がパイプのようなものをとりあげて、しめすさまを、すべてのクロレオン人が見た。

「これは決闘の手袋。これが、しるしである」戦士は告げた。「時がくれば、戦士の手袋がきみたちに思いださせるであろう。クロレオン人種族には、これより五千年の猶予期間をあたえる。そののちにわたしはあらわれ、きみたちから受けた屈辱のあがないをもとめるだろう。きみたちはその時間を利用して強くなり、わたしに対抗できる敵となったことを証明せよ。猶予期間がすぎれば、ふたたび手袋を目にして思いだすことになろう。そして、最後の闘争が勃発するのだ。戦士カルマーがきみたちに告げておく！」

エネルギー・フィールドが消えて探知が不鮮明になる。カルマーがクロレオンにかけたおおいのために、宇宙船は宇宙空間から惑星に入れても、出ることはできなくなった。数分後、戦士の艦隊は姿を消した。クロレオン人はおおいに嘆いた。

だが、それがつづいたのは、星系行政官カリマコスがサダンマグをともなってあらわれるまでのこと。

「やめるのだ！」星系行政官は告げた。「嘆くよりも、どのように未来を築いていくのか、それを考えたほうがよい。古い政府は生きのびたが、無能だ。いまやわれわれ、強い男たちを必要としている。サダンマグは、そのような者のひとりである」

クロレオン人にとっては、どうにもならぬ状況を改善させられる者であれば、だれでもよかったのだろう。改善には長い時間がかかった。戦士カルマーの脅しが忘れ去られることはなく、すべての出来ごとの記録が専用の装置に保存されて、クラウン山脈の地下にかくされたのだった。

「いまや、最後の希望は植民者だな」政府庁舎に静けさがもどったある日のこと、カリマコスはいった。すべての住民は食糧確保に向かっている。

サダンマグはそうは思えずにいた。惑星のエネルギー・バリアは一方通行だ。つまり、宇宙船は着陸できてもスタートできない。

クロレオン人はむなしく待った。通信で助けをもとめたが、植民者のほうは、故郷星系の出来ごととかかわらずにすんでほっとしていたのである。

「クロレオンは隠遁惑星になってしまった」サダンマグはいった。軍備大臣に任ぜられた直後のこと。

その後まもなくサダンマグは死んだ。首都の郊外を散歩中に、落下してきた隕石の下敷きになったのだ。クロレオン人は、破壊された惑星に由来するこの自然現象とともに生きていくしかなかった。その帰結として、惑星地下に向かったのである。

そして、すくなからぬ者が自問することになった。版図の拡張がこの不幸の原因だったのだろうか。それとも、自分たちには明かされぬほかの理由があるのか……それはすくなくとも、戦士カルマーがもどるときまで、わからないのだろう。

4

かれら全員の頭を最初に占めた思考は、自分たちはなにかを発見した、というものであった。その考えは冒険という言葉と自動的に結びつく。それはどんなときでも高揚するものだが、だからこそ注意はおこたらなかった。《ピサロ》にはメンターのメンタル指令をただちに実行する用意があり、場合によっては自主的に判断することもできる。

七つ獣のブリーは大小のうなり声を発して、ジャガイモのようなからだを〝ヴィールス・ガラス〟のパノラマ窓に押しつけた。すべての瘤が震え揺れながら宇宙空間をさししめしている。その対象は卵形の一ステーションだ。というより、むしろ、アステロイドからそびえる半分の卵といったほうがいいだろう。高さは二十メートル、基部の直径は十五メートル。見慣れたステーションにくらべるとちいさめの物体で、この半分の卵は無害だという印象をあたえる。

「エネルギー活動はない」と、ヴェスパー・フルテン。「接近しても危険はなかろう!」

七つ獣の考えは違うらしい。接近するにつれて動きが荒々しくなり、さまざまな音をおりまぜて発した。それがあまりにも不快になって、ミルタ・アブハシュヴァーが耳をふさいだ。

「出ていって！」彼女は叫んだ。「この動物のせいで冷静に考えられないわ！」

ノーマン・ザイツェフ、またの名をディオゲネスは、この言葉に笑みを返しただけ。かれにとってもブリーのたてる音はわずらわしかったが、食事をしたので気分はおちついている。

ふと思いついて、これを〝樽の哲学〟と名づけたが、ディオゲネスはその考えを披露するのはひかえた。ヴェスパーやエリアス・カンタルの気を散らしたくなかったから。

「どうした？」ディオゲネスは動物にたずねた。「なぜそんなに機嫌が悪いんだ？」

そういって出入口のひとつに向かうと、七つ獣を連れだそうと呼んでみた。だが、動物は応じることなくその場にとどまっている。ディオゲネスはミルタに目をやり、

「女医の話は聞くべきだな」と、いった。ミルタは、エレンディラ銀河に着いてからはじめてかれが理性的なことをいったと思う、と、伝えた。

「もうすこし接近しよう」エリアスが決めた。同時にヴィールス船が警報を発する。小型ステーションのエネルギー活動を確認したという。と、にわかに未知の力がヴィールス船をとらえて前方に引きよせた。《ピサロ》は抵抗したが、もはや手遅れである。強

力な牽引ビームの力で、ヴィーロ宙航士たちも気づかぬうちに、ヴィールス船はアステロイドの上方にきていた。

「バリア作動！」エリアスが叫ぶ。すでにヴェスパーが試みていたのだが、失敗に終わった。船がみずから説明する。

「プロジェクションに注目してください。あのステーションが本船の隙間のひとつに入りこんだのです。反応が遅れたのもそうですが、このような奇襲に有効な手段はありませんでした。さらに、これが攻撃と呼べるかどうかも不明です」

「だったら、なんなんだ？」ディオゲネスがたずねた。七つ獣の行動は驚くべきものになっていた。パノラマ窓の前で立ちあがり、ガラスを引っかきはじめたのである。ダイヤモンドでガラスに傷をつけるかのようなしぐさに、動物園の飼育係は身をかがめると、アーケインの生物を無理やり引きはなした。

「ブリーの行動は攻撃を意図しているわけじゃないのかもしれない。そう思わないか？」と、ディオゲネス。「あそこに同族がいて、それを感じた、というのはありえないかな？」

「いまはどうでもいい話だ！」エリアスは手を振ってヴェスパー・フルテンのそばに行った。「通信がつながった。その動物の同族が知性体だとでもいうのか？」

「いいから、そいつに手綱をつけて連れていけ！」ガーフィールドが叫ぶ。

ディオゲネスはすこしわきにどいた。船が発生させたプロジェクション・フィールドのなかにいたから。ホログラムのはしに触れて、わずかに感電した気がしたのだ。

「未知生命形態とコンタクト成立」と、船が通知。「われわれ、話しかけられています。トランスレーターはプログラムずみ。クロレオン人の言語です！」

クロレオン人！　エリアスは耳をそばだてた。かれの知るかぎり、クロレオン人は隠者の惑星にしかいない。有機組織文明の生物があの小型ステーションにもいるのであれば、惑星をつつむバリアを通って外に出る方法があるということ。隠者の惑星の者がそれを知らないだけなのだ。

すぐに仲間たちを解放できるかもしれない。エリアスはそう思った。

だが、ホログラムの映像を見て、たちまち冷静になる。その姿が、隠者の惑星からの情報と違っていたから。

かれに見えたのは、みじかくがっしりした腕と脚のある、ずんぐりした胴体であり、その上の頸のない半球形の頭だった。半球にはくぼんだ目がならび、からだのまんなかには吻がある。頭と胴体の境界に、はっきりとスリットが見えるが、その機能はすぐにはわからなかった。

「われわれ、そちらの船に向かう」と、トランスレーターから聞こえた。未知者の本来の声も背景に聞こえている。「話しあうときがきた！」

「きみたちは何者なのだ？」エリアスがたずねた。だが未知者は答えず、

「これより当船をはなれる」と、告げた。「エアロックを開けろ！」

つまり、あの半分の卵はアステロイドに繫留《けいりゅう》された宇宙船なのだ。ならば、この未知者は〝おとめ座の門〟星系の出身ではないということ。

「どうする？」スペンサー・ドルーポがたずねる。「あっさり乗りこませるわけにはいかないだろう」

それは当然であった。エリアスはほかの者に、人質が数名いれば有利になるかもしれないと説明した。降伏などできない。未知者に《ピサロ》を解放させなければ。

「船はたったいま解放された」と、ヴェスパーが報告。「牽引ビームに拘束されてはいない！」

エリアス・カンタルは目を輝かせて、

「エリアス、おまえは幸運の手の持ち主だ」と、うぬぼれた調子でつぶやく。「エアロックを開けろ、ヴィールス船！」

「エアロックを開きました、エリ」《ピサロ》が親しげに応じる。「未知者たちはこちらに向かっています！」

その直後、ハッチが開いてヒューマノイド生物が十名、ヴィーロトロンのある空間に入ってきた。かれらは武装し、同じ衣服を身につけている。異なるのは階級章と肩帯の

み。制服を着用した兵士という印象を自然と受けた。

「本船へようこそ」エリアスが挨拶をする。「われわれは銀河系のヴィーロ宙航士で、エレンディラ銀河を訪問しているところだ。きみたちは?」

こんどは、未知者は答える用意があったようだ。目の前の相手は、頭と胴の境い目にあるスリットの真下に黄色い帯があって、同族と区別できる。

未知者たちが頭のぐるりに合計三十六個の目をそなえ、スリットを使って呼吸していることに、ヴィーロ宙航士たちは気がついた。

「われわれは植民地クロレオン人だ」未知者は驚きの告白をした。「きみたちが隠者の惑星と呼んでいる惑星クロレオンの原住民の子孫である。かつて、われわれは故郷星系を出発し、近傍の恒星を調査して、その惑星に移住した。故郷星系を襲った大カタストロフィよりも遠い昔のことだ。あのとき、戦士カルマーはわれらが種族に教訓をあたえた! わたしの名前をよくおぼえておいてもらいたい。わたしはハイイキンだ」

ヴィーロ宙航士たちはハイイキンから、当時なにがあり、植民者がどう反応したのかを聞いた。クロレオン人はきわめてせまい宙域にある六星系に移住し、開発して発展させたという。戦士カルマーの手で五惑星が破壊されて故郷世界が孤立したのち、かれらは独立して、しくみも武装もよく似た軍国主義社会を徐々に築いていった。とはいえ、内部抗争が武器技術の進歩をさまたげたために、植民地クロレオン人は二、三のわずかな例外をのぞいて、古めかしい装備しかそなえていない。

その水準は、五千年前のクロレオンとほぼ同じだった。

〝おとめ座の門〟から見ると、六つの植民星系はすべてエレンディラ銀河の中心方向に位置している。植民惑星同士は密に連絡をとりあっていたが、異種族とかかわることはほとんどなかった。戦士カルマーの脅しは五千年がすぎてもなお生きつづけていたため、用心していたからだ。過去の宇宙戦争の結果として、植民者はXデーを念頭に、団結して最後の闘争にそなえてきたのである。

「その日がくれば、われらの防衛隊が戦闘におもむく」植民地クロレオン人は力強く告げた。「あらゆる場所で待機しているのだから。牽引ビーム・プロジェクターが証明したように、古びた技術とはいえ、われわれがいくつか驚くべきものをそなえていることを、きみたちは知るだろう。われわれの世界について、もっとくわしく知りたいか？」

未知者は自信たっぷりに話している。ヴィーロ宙航士たちはとまどった。この者にはなにか目的があると、うすうすわかってきたのである。だがまず未知者は、六つの星系について説明した。

惑星シクラウンの星系は〝おとめ座の門〟から二十三光年はなれている。指揮官はタルシカー提督で、その下にブルーの防衛隊がついていた。さらに、ギルガメル提督指揮下のグリーンの防衛隊を擁する惑星ペルペティンの星系は、二十五光年はなれている。

二十七光年はなれた惑星サンス＝クロルの星系には、タフ＝クロル提督指揮下の赤の防衛隊。二十光年の位置にはエダモー提督指揮下のグレイの防衛隊を擁する惑星アルヴァアンドレーの星系、二十六光年の位置にはパランガード提督指揮下のむらさきの防衛隊を擁する惑星マンルドゥムの星系、最後に二十四光年はなれた、スパルツァー提督指揮下の黒の防衛隊を擁する惑星ヴィリヤンドクの星系である。植民惑星同士の距離は、平均で四光年。

「われらが艦船の数と武装を伝えても意味はなかろう」ハイイキンはつづけた。「きみたちは自分で探りだすだろうから」

これでわかった。リング一で発見したステーションの植民地クロレオン人もまた、ヴィーロ宙航士たちのことを戦士カルマーの兵士だと考えている。おそらく隠者の惑星からヴィールス船に発せられた通信を傍受して、レジナルド・ブルがパーミット……決闘の手袋を持っていることを知ったのだろう。

「われわれ、そのカルマーとはなんの関係もない」エリアス・カンタルは断固としていった。「エレンディラの奇蹟を体験するために遠い銀河からきたのだ。至福のリングはすばらしいと聞かされたから」

「兵士の生活は戦術からなる。それを悪く思う者がいるだろうか」と、ハイイキン。「これで、かれがヴィーロ宙航士を兵士だと思っていることが確定した。「きみたちはカルマーを待っているのだな。あの戦士は隠者の惑星にいる。かれが開戦を告げぬうちは、われわれ、たがいに率直に話せない理由はないというもの。われわれは故郷星系について、当時なにがあったのかについて、もっと多くのことを知っている。きみたちの指揮官も同じ話をするだろう」

「きみが心ゆくまで話せる、というのはおいておくとして」エリアスが話題を変えようとした。「ひとついっておきたいことがある。きみは……」

この瞬間、七つ獣が跳びあがった。クロレオン人が到着したころにはすっかりおとなしくなって、ディオゲネスのうしろにかくれていたのだが。例の音を発するのをやめたので、ヴィーロ宙航士たちは七つ獣のことを忘れていた。それがいま、こっそりと前に出てくると、猛スピードで走り、曲芸師も感嘆しそうな跳躍をしたのである。宙を舞ってハイイキンに体当たりをすると、走行輪のような疑似肢を相手に向けるべく、からだを弓なりにする。

兵士はすでに反応していた。古めかしいレーザー銃からかすかなうなりが聞こえ、七つ獣が麻痺する。ディオゲネスは悲鳴をあげた。ハイイキンは身をかがめると、動物のからだをつかんだ。

「自然界のちいさな戦士を連れてきたのだな。目をさましたら、べつの場所にいてもらおう。ここではじゃまというもの！」

これでわかった。クロレオン人たちはここにとどまるつもりなのだ。エリアスは〝おとめ座の門〟星系の子孫たちに、もう一度はっきりと伝えようとした。

「この動物は、ここにくる途中で捕まえたのだ。われわれは研究者であって、戦士ではない。いつになればわかるんだ？」

「ほう」と、ハイイキン。「うまいことをいったもの。われわれもまた研究者だ。昔からずっとな。船をアステロイドに繋留し、それ以来、五千年の期限がくるまでの最後の数日の出来ごとをすべて調査してきた。われわれ、なにがあろうと最後の闘争の開戦を見のがすわけにはいかぬのだ」

このクロレオン人たちは正気ではない、エリアスはそう思った。仲間たちも全員そう考えている。このエレンディラ銀河はどこか信用ならないと、はじめから感じていたが、好奇心を刺激されて、どこがおかしいのか解明したくなった。かれらは一連の出来ごとの焦点に飛びこんだのである。惑星ホロコーストでも、〝おとめ座の門〟星系でも。

ヴィーロ宙航士たちは、至福のリングを持つ星系をめぐる出来ごとの説明をもとめて、惑星のあいだでやみくもに手探りしていた。ただ、〝至福〟といっても、このリングは楽園とはなんの関係もない。

神話に出てくる至福の楽園は、祝福された者が集《つど》う場所なのだから。

＊

「これが、ほぼ五千年前の出来ごとだ」史料保管庫はいった。「クロレオン人種族にとって五千年は猶予期間であり、未来にそなえるしかなかった。惑星住民は武器技術を完璧なものに近づけ、無敵の兵士をつくりはじめた。戦士が再来すれば打ち破れるように、あらゆる手段を講じた。五惑星の住民のゆうに半分が、居住惑星とともに落命したのだ。生きのびた者たちは、心の底ではげしい怒りと無力感をおぼえた。あの出来ごとによって引き裂かれ、全員がそろわなくなった家族は何百万にもなる。隠者の惑星にいない者はみな、行方不明か、死んだと考えるしかなかった。

このすべてを引き起こした戦士カルマーへの憎悪はとどまるところを知らなかった。惑星のバリアが行く手を阻まなかったなら、クロレオン人はいまや隠者の惑星の格納庫で老朽化している最後の宇宙船にただちに乗りこみ、復讐をはたすべく虚無空間へと出撃していただろう。やがてかれらは、エルファード人がクラウン山脈の一帯をうろついていたことを思いだし、そこを探してみたが、なにも見つからなかった。憎悪、無力感、カルマー再来への恐怖……このすべてがひとつになり、クロレオン人にまったくあたらしい認識が生まれた。戦士が再来しても、自分たちはふたたびノーというだろう。だがそのときは、以前のようになすすべもなく対峙するのではない。戦士に勝利し、亡《な》き者とするのだ。

憎悪と無力感と恐怖の統合から、あらたな社会が生じた。あらたな文明ともいえるだろう。有機組織社会だ。クロレオン人は特定の能力を強化育成することに専念した。なぜなら、最終的に姿を消す前に、カルマーがいいのこしたことがあったから。もしもクロレオン人たちが自分に対抗できるようになっていれば、戦士として認め、至福の園に受け入れると告げたのだ。だが、弱者のままなら容赦なく破滅させると。

カルマーは、クロレオン人がより強く進化するように手をまわしてもいた。エルファード人たちは、惑星をつつむバリアを張っただけでなく、この惑星の動植物の遺伝子実験をもおこない、動植物を変質させたのだ。そのため、クロレオン人の生活は地獄になった。おまけに、初期にはとほうもなく強烈な隕石の雨が何時間も降りそそぎ、甚大な被害をもたらした。地表の文明は徐々に崩壊し、生きのびた者はかつての核時代の地下ブンカーにかくれた。クロレオン人もまた、危険な核分裂の時代を体験していたから。どんな種族もこれは経験するものなのだ。しかし、すべての種族が火遊びの試練を生きのびるわけではない。

時とともに、山脈のブンカーから地下都市が生じるいっぽう、惑星の表面は年々と荒廃していった。必要に迫られて、さまざまな学問分野が猛烈な勢いで発展し、遺伝子技術が強化されてさらに専門化が進んだ。クロレオン人はあらたな環境条件に適応していき、特定の仕事だけをこなすためのいくつかのタイプが生まれた。タイプによって、からだも知的水準も異なる。まもなく個人は存在しなくなり、全員がより大きな有機組織である〝肉体〟の細胞となった。その頂点にいまなおいるのが、すべての脳細胞タイプのなかでもっとも知性の高い三名、つまり意識の三人組である！」

「その分化と、それぞれのタイプの役割なら知っている」と、ブル。「クロレオン人についてで学ぶ時間なら、たっぷりあったからな」

「わかった」史料保管庫はいった。「だが戦士カルマーよ、ある技術分野は当時の水準のままにとどまったと聞けば、驚くだろう。たとえば、宇宙航行技術だ。いまでは不要となってしまった。工業も多くの分野が停滞するか、消え去った。生産能力のごく一部が住民の基本的な欲求を満たすために使われただけで、大部分は軍備や長期保存食糧や延命装置にまわされた。数百年前から広大な敷地に大量に備蓄されている。最後の闘争のために！」

「もう一度はっきりさせておきたいんだが、わたしは戦士カルマーではない。そもそも戦士でもなく、ヴィーロ宙航士だ」と、ブル。「わたしが隠者の惑星にいるかぎり、カルマーにはこさせない！」

「その反論は非論理的だ。カルマーはやがてくる。あるいは、すでにきている。もしくは、代理人を送ってくる！」

「わたしは代理人ではない！」レジナルド・ブルは断固たる声でいいはなった。額にしわをよせる。〝意識〟はブルの興奮を感じ、敬意をもってなだめようとした。史料保管庫を開封する前、脳細胞三名のうちの二名はまだブルの話を信じていたが、いまや前にも増して、ブルこそが待っていた者なのだと思いこんでいる。

「それもやはり非論理的だ」と、史料保管庫。「あなたの発言ならすべて知っている。あなたは目をみはるべき軍勢とともにやってきた。その軍勢はいったん動きをとめ、五千年という時間がついにすぎるのを待ちかまえている。ならば、あなたが合図を出すまで待とう、手袋の保持者よ。あなたの同行者はエルファード人なのか？」

ブルは、クロレオン人がエルファード人の外見を知らぬようすであったことを思いだした。ポケットのパーミットが圧迫感を増し、手にあまる重荷のように感じられる。できればとりだして投げ捨ててしまいたい。そう思い、一瞬、実行しそうになった。だが、クロレオン人はそれを戦争開始の合図だと解釈しかねないと思いなおす。

「わたしの同行者は、わたしと同じくヴィーロ宙航士だ」と、ブルは応じる。「そのほとんどは、われわれが銀河系と呼んでいる銀河の、人類という種族。われわれ、平和的意図のもとにきた。戦争をしようとは思っていない」

「どうでもいい情報だ」史料保管庫は感情のかけらもなく、「なぜあなたには自分の思考の欠陥が理解できないのか？　あなたやその同行者がだれであろうと、それになんの意味がある？　戦争開始の瞬間がきたというのに、自分たちが戦わなければならないことがわからないのか？」

レジナルド・ブルはひと言も返せない。このとき、友のぬくもりをなつかしく思いだした。これまでは会いたいとも思わなかったのだが。ペリー・ローダンやグッキーのことだ。イルトは冗談を飛ばして何度も緊張をやわらげてくれたもの。ブルは懸命に解決策を探したが、見つからなかった。

この有機組織社会は常軌を逸している。だが、史料保管庫にはそれが理解できない。感情のない機械だから。自分たちの状況を正常だと思っているクローンもそうだ。ブルとヴィーロ宙航士たちははてしない壁に向かって話しているようなものだった。

最後の闘争のための抗体タイプ生産はとっくにはじまり、着陸したヴィーロ宙航士たちは抗体に包囲されている。すべてのヴィールス船を着陸させて、惑星全土でバリア発生装置の捜索をはじめたほうがいいのではないだろうか。

にっちもさっちもいかぬ状況だ。これはひとえに、ブルが到着のさいにしめしたパーミットのせいである。あれのことは決闘の手袋ではなく通行許可証だと思っていたと、何度いっても、まったく話が通じない。

ブルにはわかっていた。戦士なる概念とストーカーのあいだには、なにか関係があるにちがいない。だが、どう考えればいい？　ストーカーは《ツナミ114》を発見したときと同じように、パーミットをたまたま見つけただけだ、そのようなことがありうるだろうか？

「そこの壁にスクリーンがある」と、史料保管庫。「スクリーンのエネルギーは枯渇しかけ、古びた真空管は短時間しかもたない。それを動かし、あるものを見せよう！」

ぱちぱちと音をたててスクリーンが点灯する。パーミットの映像が見えた。カルマーがつけていた〝手袋〟だろうと、ブルは思った。きしみ音とともにスクリーンの光は消え、真空管が内破して装置は壊れた。もうもうと煙があがる。そなえつけの消火装置ががたがたと作動し、すべてを泡でおおって、大火事を防いだ。

「わたしの話は終わりだ」史料保管庫が宣言する。「行くがいい。最後の準備を！」

思考シグナルに応じてかつぎ手の器官細胞たちがあらわれ、鉢の輿が後方に向かって動きだす。ブルは飛翔して鉢の縁にすわった。

「きみたちも聞いただろう」と、ブルは〝意識〟にいう。「あれは過去からのメッセージだ。だが、わたしや仲間たちとは関係のないこと。われわれはヴィーロ宙航士で、誓っていうが、戦争をはじめる気はない。その逆で、いまクロレオン人種族の窮状を知ったからには、仲間に伝えるつもりでいる。われわれヴィーロ宙航士は、きみたちの種族を救うためならなんでもしよう。きみたちを助ける。われわれに使える手段は、きみたちよりも強力なのだから！」

慎重な脳ハーディニンと現実的な脳ヴルネネンは、まだブルを信じようとしていた。だが、はじめからブルと距離をおいていた激情家の脳ドルーネネンは、テラナーの提案をはねつけた。

「史料保管庫が、なにをすべきかという最後の疑念を晴らしてくれた」と、音声で伝えてくる。「われわれ、手中にある戦力を使って最後の闘争にのぞまなければならない。ほかに選択肢はない！」

「それで、そのあとは？」テラナーは鋭くたずねた。「そのあと、きみの戦力でなにをする？　戦争ですべてを犠牲にするつもりか？」

どうすればこうも単純になれるのか、理解をこえている。もとハンザ・スポークスマンはあらためて思い知った。クローンのメンタリティは、自分のそれとも、さらには史料保管庫の話で知った昔のクロレオン人とも違う。この種族を助けて、五千年前からさらされてきた恐怖と苦悩という軛《くびき》をとりのぞくことは重要で意義があると、ブルは確信した。

「ひとつ提案がある」ブルは脳ドルーネネンの返事を待たずにつづけた。「わたしとヴィーロ宙航士たちが無罪だという証拠をしめそう。ここで罪がどうとかいうのは正気の沙汰とは思えんがな。われわれの力で、惑星をつつむバリアを発生させているエネルギー・フィールド・ステーションを見つけて壊そうと思う。それを証拠と認めるか？」

「認める」脳ドルーネネンがいうと同時に、三名が〝意識〟となってテレパシーを送ってきた。

〈われわれクロレオン人が五千年かけてもできなかったことを、どうやってなしとげるつもりか？〉

ブルにもわからなかったが、決闘の手袋がなにかの役にたつのでは、と考えていた。この手袋が戦争の重要なしるしであり、最後の闘争の一因子であるのなら、コードとして機能するはずだ。いったいどこに通行許可証としての力が存在するのか、解明しなければならない。

鉢の輿はドームをはなれ、レールに乗り、塔へと向かった。リフトのように地表へ上昇。ブルはストロンカー・キーンと通信をつないで、わかったことのすべてをひと息で話す。この話をヴィーロ宙航士全員に伝えて、外宇宙にいるヴィールス船に送信する用意をするよう、キーンに依頼した。

「そっちはどんなぐあいだ？」ブルはたずねた。

キーンは、状況はバラ色とはいえないと説明した。ヴィールス船三十隻はいまや数万の抗体に包囲されているという。

「かれらがなにを待っているのか、わからないんです」と、キーン。「とっくに攻撃を開始していてもいいはずなんですが」

「待っているのはカルマーの合図だ」と、ブル。確信があるわけではなかったが。時がたち、五千年はもうすぎたはず。一日や一時間の差などたいした問題ではない。有機組織社会にとり、敵が着陸して戦闘態勢をとったのは明白なのだ。ブルはキーンおよびハンザ・スペシャリストの二名と話しあった。二名は、戦闘をしかけて包囲から逃れ、南半球の島に避難すべきだと主張した。

ブルは反対した。なんの成果も得られないだろう。クロレオン人は追ってくるはず。いまは包囲されているだけだ。そのうえ、文明の中心地は北半球にある。

「なにかがおかしいな」メンターの声がした。「はっきりと感じる。ブリー、あなたはどうです？　ほんとうに大丈夫ですか？」

「大丈夫だとも、ストロンカー」ブルは請けあった。「とくに気になることはない。意識の三人組は相いかわらずだ。もうすぐそっちで会えるだろう。われわれに悪意なしと、〝意識〟はかなり納得したはず！」

「それはせめてもの成果ですね。ではまた！」

ストロンカー・キーンは接続を切った。ブルも切ると、〝意識〟に向きなおる。だがかれらは反応しなかった。三つのからだは震え、ショックが文字どおり波のようにはしっている。

〈助けてくれ！〉という思考インパルスを、ブルはとらえた。〈われわれ、制御できな

くなった〉
ブルは理解した。なにかがおかしくなったのだ。

＊

器官細胞のかつぎ手は凍りつき、身動きひとつしなくなった。ブルは脳細胞が発する音声の叫びを耳にした。〝意識〟の随行者たちは混乱し、騒ぎはひどくなるいっぽうである。さらに、抗体の群れがにわかに塔からあふれだしてきた。地下施設で史料保管庫の警備にあたっていた者たちだ。

〈もどれ！〉〝意識〟の強力な思考を、テラナーは感じた。鉢の輿の下は騒然とし、このテレパシー指令が実行されたのかどうかも判断できない。

「助けるぞ」ブルははげしさを増す騒音のなかで叫んだ。「わたしになにができる？」

「なにも！」脳ドルーネネンの吻から声がとどろいた。「あなたは待つしかない！　この出来ごとは、あなたとはなんの関係もないのだから！」

「あるとも！」と、脳ハーディニンが反論。その後、三名の脳細胞はひと言も発しなくなった。ブルはときおり三名の強力な思考をとらえたが、なにが起きているのか、なにが起きたのか、読みとることはできなかった。

ふたつの山のあいだから何機もの飛翔体があらわれた。脳細胞タイプが操縦し、抗体タイプが同乗している。抗体は純然たる兵士なのだ。屈強で敏捷《びんしょう》、目的志向の知性をそなえている。かれらは脳細胞の制御を受けず、クローン工場〝母〟で生みだされたわけでもない。秘密の武器庫に入れるのはかれらだけだ。抗体が脳細胞とともに乗っていることからして、なにかがおかしいとわかる。

〝意識〟は制御力を失いかけていた。その指揮下にあるすべての細胞を、精神でコントロールできなくなったようだ。

〈助けてくれ！〉という思考を、ブルはふたたびとらえた。大きなため息がつづく。

テラナーはもう一度ストロンカー・キーンを呼びだし、この出来ごとを伝えた。ヴィールス船を包囲する抗体も動揺していて、周辺で散発的な射撃が見られるとのこと。ヴィールス船に向かってくるのもいるが、被害は出ていないという。

「ひきつづき連絡をとりあおう！」ブルは叫び、まわりに注意を向けた。

脳細胞と抗体は着陸していた。飛翔体を降りて鉢の輿に向かい、武器を上に向ける。かれらがこちらを指さしているのを見て、ブルは横に身を投げ、鉢の後方に急ぎ退避した。

「どういうことだ？」ブルは叫んだ。「ここでなにが起きている？」

返事はなかった。塔からあらわれて〝意識〟の鉢の周囲に展開した抗体を、飛翔体から降りた抗体が攻撃している。鞭《むち》打つような発射音がして、テラナーはじつに久しぶりに弩《いしゆみ》がびんとうなって当たる音を聞いた。武器は最新鋭の武器ではないということ。ところがそこに、ブラスターやレーザー銃で武装したあらたな一団が到着。鉢の近くで猛烈な戦闘の嵐が吹き荒れ、脳細胞たちはあわてて射程から身を引いた。

その脳細胞たちに〝意識〟が助けをもとめている。鉢のかつぎ手に特化してクローン生産された器官細胞は知性が低く、鉢のなかの三名が発する思考インパルスに対してなおも反応しない。三つの巨大な頭が興奮して揺れ動いている。この混乱をただちに沈静化できなければ、三名にとって重大な事態となるのだろう。

テラナーはなにが起きているのか知りたかった。念のために防御バリアを展開。すると下からはっきりと探知できるエネルギーが放出され、争う両抗体グループの気を引いてしまった。なんのそなえもできぬうちに致死性エネルギーのオーラを浴びる。

ブルは鉢から脱出し、セランで飛翔する。それを追って抗体の銃口が向きを変えた。これで三名の〝意識〟は危機を逃れた。ブルは付近の尖った岩を掩体《えんたい》にとり、岩陰のちいさなくぼみに退避する。そこからは、二十メートルほど下の出来ごとがよく見えた。

抗体同士の戦闘はつづいているが、鉢周辺の一団が数を減らしているようだ。にわかに射撃がやみ、戦闘は休止した。鉢のそばの抗体が銃をおさめ、ついさっきまでの敵のもとに向かうと、飛翔体に乗りこんだ。そのまま待機する。

鉢のなかにいる三名の脳細胞が悲鳴をあげた。

〈われわれ、制御できなくなった〉弱々しい思考をブルは受けとった。〈この流れはとめられぬ！〉

器官細胞のかつぎ手が生気をとりもどした。持ち場をはなれると、脳細胞をのこして走りだす。脳細胞は引きとめようともしない。鉢の輿は地面にたたきつけられ、器官細胞の一部が下敷きになる。三人組はひどく乱暴に揺さぶられて、痛みのあまり、串刺しにされたかのような悲鳴を音声とメンタルであげた。そこへ数名の脳細胞にひきいられた抗体が接近。脳細胞は同族を鉢から引きずりだし、飛翔体のひとつに追いやった。機体が離陸して飛び去ると、抗体はブルのいる尖った岩のまわりにゆっくりと集まった。

〈終わりだ。われわれはあなたを信じるが、あなたの思いどおりにはならないだろう〉

クロレオン人の〝意識〟が、ふたたびコンタクトをとってきた。

「なぜだ？　なにが起きた？　いってくれ。きみたちを助ける！」

〈われわれの時間でいうXデーがきた。〝母〟が、だれひとり知らなかった付加プログラムを作動させて、あらたな脳細胞を一名つくりだしたのだ。それはきわめて強力で、高い知性を持つ。だがなによりも、対抗できぬテレパシー能力をそなえている。このあらたな〝戦争意識〟が、制御しうるすべての細胞タイプに影響をあたえ、抗体を指揮しているのだ。われわれ、もはやどの細胞タイプにも干渉できない。戦争意識に凌駕《りょうが》されてしまったから〉

「きみたちはどうなるんだ？」

〈わからない。だが、われわれは戦争反対を表明したので、抗体にその弁明をもとめられるかもしれぬ。そうなれば、われわれの運命は決まったようなもの！〉

「それでも希望を捨てるな」あくまでブルはいう。「われわれ、きみたちを見殺しにはせん！」

ブルは答えを待ったが、精神コンタクトは切れた。もはや〝意識〟と連絡はとれない。

テラナーは抗体に注意を向けた。かれらは何機もの飛翔体を浮上させ、尖った岩を攻撃してきた。同時により大きな飛行部隊が接近して一帯にパラライザー・インパルスを雨のごとく浴びせる。ブルの防御バリアはこのインパルスを完全に遮断することができない。急いでちいさなくぼみに逃げこむと、通信機を作動させてストロンカー・キーンに救難信号を発信する。追いこまれたもののできるだけ身を守り、最初の抗体が開口部にあらわれるとショック銃を見舞って攻撃を阻止した。だが上から聞こえるきしみ音のために息つくひまもない。抗体はブルを引きずりだすべく岩を裂こうとしていた。数秒後、岩全体が溶けてテラナーに降りかかる。灼熱の死をまぬがれたのは、ひとえにバリアのおかげである。

ブルはななめ下へと高速で飛翔し、やみくもに数回撃った。

だがこれも、その場しのぎにすぎない。抗体はあまりに数が多すぎる。ここにいる脳細胞から、どう行動すべきか詳細な指示を受けているようだ。

「ストロンカー！」窮地におちいって通信を発する。「ここから連れだしてくれ！　長くはもたん！」

メンターの返事はなかった。通信機からは不明瞭な音が聞こえるばかり。

ブルはジグザグに飛行して脱出しようとした。しばし身をかくそうと、手近な岩に向かう。追っ手は岩のすぐ上にいた。ななめ上に三機の飛翔体。ブルはふくらはぎの感覚がなくなるのに気づき、ただちに方向転換した。

山の上に雲があらわれた。ぎざぎざにねじれたかたちをしている。ブルは安堵の息をついた。通信機が作動し、ストロンカー・キーンの声が響く。

「……一時的な通信障害がありましてね。こちらの力をそごうとしたのでしょう。そちらのことは探知できています。抗体包囲網の突破には成功しました。あなたを収容後、北極点へ向かいます」

「そこでなにをするつもりだ？」

「ハイイキンという名の者について、なにか聞いたことはありますか？」

もちろん、ブルはそんな名前は知らなかった。長い人生でそのような名前の者と会っていたとしても、エレンディラ銀河や隠者の惑星と関係があろうはずもない。

「なにか聞いているはずなのか？」と、たずねた。抗体はすぐうしろにいる。ヴィールス船は牽引ビーム・プロジェクターでブルを収容した。テラナーは防御バリアを切って自分の足で立ったとき、わずかによろめいた。麻痺作用がまだのこっていたのだ。

「すくなくとも知っていたほうがいいですよ。ハイイキンは、われわれの今後の行動の鍵を握っていますから！」

「そうするしかないんならな」ブルはつぶやいたが、口でいうよりも深刻に考えていた。笑いごとではないから。クロレオン人の権力交代のために、隠者の惑星の状況は根底から変化していた。ヴィーロ宙航士たちのこれまでの努力は水の泡になったのだ。種族の歴史と、戦士カルマーの最初の出現をめぐるわずかな知識だけが、希望の光だった。

「ハイイキンとやらのところに連れていってくれ」ブルはたのんだ。「その男に会ってみたい！」

「あなたは好きになると思いますよ」と、もと前衛騎兵。「すべてのクロレオン人がかつてそうであったような外見をしていて、器官メンディンによく似ているんです」

すでにブルは走りだしていた。できるだけ速くヴィールス船の大ホールに行くために。移動する光点が道をしめしている。

5

ディオゲネスは心配になった。未知者がこれ以上ここにいれば、七つ獣はヴィールス船の装置を壊してしまいそうだ。七つ獣を閉じこめて餌を運んだ。ところが七つ獣は、麻痺からさめても餌には見向きもせずに暴《あば》れつづけたのである。ハイイキンと七つ獣はなにか関係があるにちがいない。ディオゲネスはそう思い、のっそりと歩いてヴィーロトロンの空間にもどると、疑念の裏づけになるものを探した。植民地クロレオン人十名は、まだヴィーロ宙航士たちのもとにいる。

「惑星をつつむ隔離バリアを切ることは可能だ。制御ステーションを発見できれば」ハイイキンがそういったところだった。「エネルギー・フィールド・ジェネレーターの制御ステーションは北極にある。そこには強い磁場嵐があり、ジェネレーターの活動を計測するのはほぼ不可能なのだ。われら植民者は何度か作戦をたてて部隊を隠者の惑星に送ったが、いずれも帰還しなかった。成功しなかったということ。バリアはいまもあるのだから。隊員のほとんどは抗体に排除された。とはいえ、横坑を掘り、退避場所となるいくつかの洞穴を設置することには成功したと、通信からわかっている。いまなにをすべきなのかは、いうまでもなかろう」

エリアス・カンタルは肩をすくめた。だが、クロレオン人にはこのしぐさが理解できないと気がついて、口を開く。

「それについては意見が分かれそうだな。われわれのリーダーであるレジナルド・ブルは、すべての船を着陸させるのは得策ではないと伝えてきている。なにが起こるかわからないのだ。ヴィールス船の仲間たちに二度と会えなくなるかもしれない」

「きみたちは考えすぎだ。それは戦士のすることではない。いつか戦いになったとき、必要な措置をためらうのは許されないのだから」

「われわれは戦士ではない。それに、われわれは戦わない」ヴェスパー・フルテンが断固として応じた。「なぜ、それがここの者にはわからないのだろうな？ エレンディラ銀河の住民はみな正気を失っているのか？」

ハイイキンはしばしためらい、同行者たちの助言をもとめてすみに引っこむ。かれらがささやく声はちいさく、トランスレーターではとらえられなかったが、ヴィールス船はその話を聞きとっていた。

「かれらはあなたがたに、戦争は無意味だと確信させておくと同時に、それがかならず起きると断言しておくことが得策だと考えています」

エリアスは鼻を鳴らした。ヴィーロ宙航士が戦闘の開始に協力するはずはない。クロレオン人も戦争をして得なことはないはずだ。ならば、ほかにだれがいる？　再来するといわれている好戦的な戦士カルマーだろうか。クロレオン人は、レジナルド・ブルこそがその戦士だと考えているが。

ハイイキンがヴィーロトロンのシートに近づいた。

「われわれがこの船にきたのは、ひとつたのみがあってのこと。これはたのみというより、むしろ要請であり要求だ。必要なこととすぐにわかってもらえると思う。全船の着陸が無理でも、せめて一隻はそうしてもらいたい。よろしいか、バリアがなければこの惑星の文明を宇宙空間に避難させられるのだ。われわれには、その避難を実現できるだけの宇宙船が充分にある。そのあとでカルマーがくればいい。戦う相手を見つけられぬことだろう。バリアがなければ、最後の闘争など無意味になる！」

ヴィーロ宙航士たちは、植民地クロレオン人のいうとおりだと考えた。それがもっとも有望な方法だろう。ミルタ・アブハシュヴァーがヴェスパー・フルテンに声をかけた。

「ブルとストロンカー・キーンに連絡を。かれらに決めてもらいましょう！」

半時間後、十名のうち四名のクロレオン人は自船にもどった。《ピサロ》は宇宙空間にのこるヴィールス船団と何度も通信をかわしたのち、リング一をはなれて隠者の惑星に接近。ブルとは連絡がとれなかった。地下の施設にいるのだという。だがストロンカー・キーンがハイイキンの話を聞き、《ピサロ》を着陸させると決めた。

「われわれに必要なのは、とにかく幸運だな」と、ガーフィールド。火星人は、七つ獣がまだおちつかないとディオゲネスが報告すると、予言のようにいった。「あの獣はわれわれに不幸をもたらすぞ」

だが、ディオゲネスは耳をかさない。逆に、七つ獣の能力はみなの未来に役だつと考えていた。

「ハイイキンはいまこちらの話を聞いていないし、船もトランスレーターを切っているからいうのだが」樽の体型の男は小声で、「わがブリーの行動から考えても、ハイイキンがなにかをたくらんでいるという気がしてならないんだ。かれは正直に話をしていない。かれを連れて隠者の惑星へ飛ぶのは間違っていると思う。有機組織社会を救うのがそれほど重要だというんなら、どうしてとっくの昔にあの半分の卵形船でやっていないんだ？　武装が不充分でわれわれの助力をあてにしているという、ほんとうにそれだけの理由なんだろうか。それとも、助力など期待していないのか？　われわれのことを戦士カルマーの手先だと考えているから？」

ヴィーロ宙航士たちはこの話に注意深く耳をかたむけた。レアンドラ・マサドラキスは肩までの黒い髪を振り、くぼんだ目でディオゲネスを見て、

「あなたみたいにのっそりした人にナイフほど鋭い推理ができるなんて、信じない人も

いるでしょうけど、実際、あのクロレオン人への疑念がわいてきたわ」

「そうだろ？」ディオゲネスは顔を輝かせた。「きみたちは信じないだろうが、食事のときにいちばんいい考えが浮かぶものなんだ！」

《ピサロ》は、この星系にまだ存在する唯一の惑星へと高速で接近した。〝おとめ座の門〟はエレンディラ銀河の中心核から二万二千光年はなれている。この恒星は、五千年前に起きた恐ろしい出来ごとのものいわぬ目撃者であった。表面温度は七千度、直径は百六十万キロメートル。太陽に似ているが、のちの調査で、黄白色恒星〝おとめ座の門〟のスペクトル型はF と判明した。

ソルのスペクトル型はG2Vである。

隠者の惑星が近づいてくる。表面の一部はクレーターにおおわれた大気のない衛星を思わせるが、おびただしい動植物が見られる一帯もあった。クロレオン人にとり、ここに住めずに地下へともぐることになったのは、まさに屈辱だっただろう。その理由はすっかりわかっていた。ストロンカー・キーンがヴィーロ宙航士たちに、ブルから聞いた報告をすぐに伝えたから。《エクスプローラー》の名を持つヴィールス船の指揮官は、すでにキーンのもとにもどり、史料保管庫での経験を知らせていたのだ。

《ピサロ》の下に見える隠者の惑星は平和であった。おかしいと思わせるものはなにも見あたらない。船は高度二十キロメートルまで下降して、バリアを通過。固体状の物体を一方向にしか通過させないバリアである。

「極地方にコースを」エリアスがいい、宇宙船はただちに指示を実行した。船はクラウン山脈へと向かう。ヴィーロ宙航士たちは緊張しながら、ハイイキンがふたたび口を開き、植民地クロレオン人たちがエネルギー・ステーションありと予想している着陸地点をしめすのを待った。

＊

異人とのファースト・コンタクトのさい、レジナルド・ブルはつねに感銘を受ける。さらにいま、ハイイキンには強い個性があると感じた。地球の尺度をあてはめていいとすれば、多少は頑固で強情かもしれない。

かれらは高度二キロメートルで落ちあった。ブルはストロンカー・キーンともう二名のヴィーロ宙航士とともに《ピサロ》へとうつり、ハイイキンとその同行者についてわかったことを詳細にたずねた。

「状況は根底から変わった」と、ブル。「クロレオン人文明の意識の三人組は罷免された。脳細胞タイプ三名のうち二名は、最後の闘争に意味はないと納得していたのだ。ところが、クローン工場〝母〟がカルマーとの戦いのために特殊な脳細胞タイプ一名を誕生させたことが判明した。この脳細胞はすでに有機組織社会の権力を掌握《しょうあく》している。これで、最後の闘争における隠者の惑星側の前提条件はそろったらしい」

「どうかしていますよ、そんなことを考えだす脳細胞は」と、エリアス。「隠者の惑星という名前を聞くだけでぞっとしますね」

「どうかしているとはいいきれないんじゃないかな」ディオゲネスが口をはさんだ。「七つ獣の奇妙な行動のことを思いだしてほしい。ブリーがハイイキンに対して過剰反応したのは本能によるもの。そうするしかなかったんだ。われわれ、その理由を解明しなければ。似たようなことが五千年前にも起こったはず。クロレオン人は自分たちの文明が瓦礫になるのを目《ま》のあたりにして、そのショックを知識や精神力で克服することはできなかった。すくなくとも部分的には本能的に反応してしまい、その時代に導入された多くのものがいまの状況をつくりだしたというわけさ。サダンマグやカリマコスほどの者でも、こんな人工的な文明はまったく想定していなかっただろう」

「われらが動物飼育係の話は拝聴すべきよ！」ミルタ・アブハシュヴァーが大声を出す。

すると、レジナルド・ブルがとまどったように、

「わたしはハイイキンに過剰反応などしていないぞ。なにをわけのわからないことをいっているんだ？」

「ブリーというのはわれわれのペットでしてね」エリアス・カンタルが説明した。「一度見てみるといいですよ。《ピサロ》の驚異です」

「そういうことならな」もとハンザ・スポークスマンはうなずいた。

ヴィールス船二隻は横ならびで北極地方の中心に向かった。ほかのヴィールス船からなる複合体がすこしはなれてつづく。いくつかのセグメントが散開し、《ピサロ》や《エクスプローラー》のまわりで半円をつくった。

「もっと接近しなければ」トランスレーターがハイイキンの言葉を訳す。植民地クロレオン人は床のあちこちにあるシートのひとつにすわっていた。これはヴィールス船の固定装備で、変更がきかない。レジナルド・ブルはヴィールス物質からできた折りたたみ椅子にすわっていた。

探知機は沈黙している。地下に施設はなく、エネルギー伝導さえ確認できない。《ピサロ》は、植民者が以前送った調査隊が着陸して通信を発した地域にいるというのに。ほかのシュプールも見あたらなかった。植民者がかつて送った宇宙船も乗員も消えたままだ。なんの目印もメッセージものこっておらず、記録されている通信報告が唯一のよすがだった。

そのかわりにべつの、ブルがひそかに予測していた動きが出現した。背景となる山脈の上や峰のあいだに、突如として、飛行物体から生じるかすかな黒い線が見えたのだ。その結論はひとつしかない。

クロレオン人の〝戦争意識〟が行動を開始したのである。ブルの発見と時を同じくしてヴィールス船が警報を発した。ほかのセグメントとの連携回線を通して、ほぼ同時に二十九の同文の報告がとどく。

「防衛準備態勢をとれ」ブルは命じ、立ちあがるとパノラマ窓のそばへ行った。エリアス・カンタルがそれにならう。ふたりは自分たちのほうに飛来するものを見つめた。戦争意識の計画は不明で、その力も判然としない。クロレオン人の武器技術はまだ概略しかわかっていないが、旧暦二四〇〇年ごろのテラとほぼ同じ水準だ。進んでいるのは遺伝子技術のみ。だからこそブルは、みずからをはるかに凌駕する敵となんとしても対峙しようとするクロレオン人を助けようと考えたのだった。

さしあたり、戦争意識に対してはどうすることもできない。抗体の先頭部隊がヴィールス船から十キロメートルまで接近し、地面に陣を敷いた。抗体はあらゆる方面からあらわれる。船を包囲しようという戦争意識の意図が読みとれた。頭上には通過できぬバリアがあり、戦える範囲はかぎられている。敵対するクロレオン人は空中戦を演じられるだけの充分な数の飛翔体を有していた。

ミランドラ・カインズとコロフォン・バイタルギューが《ピサロ》に連絡をよこした。両ハンザ・スペシャリストは、ヴィールス船の戦力を見せつけるため、抗体の一部に予防攻撃をするようブルに要求した。テラナーはこれを却下。攻撃ほどあやまった道につながるものはないから。あらゆる戦争で見られるように、それは罪深い責任者たちの命令からはじまり、たいていはどう転がるかわからないものだ。そのうえ着陸後すぐに判明したとおり、隠者の惑星の有機組織文明は個人意識が未熟なのだ。

「待とう」と、ブルはいった。

「ブラヴォー！」エリアス・カンタルとストロンカー・キーンが賛同の声をあげる。そのとき、ディオゲネスがブルの袖をつまんで耳打ちした。テラナーは額にしわをよせるも、うなずくと、かれのあとにつづいて通廊に出た。

ミルタが笑顔でふたりを見送る。船がハッチを閉めた。

「あれは、地球の感覚では美しいとはいえない動物ですが」ディオゲネスはブルに説明した。「役にたちそうな性質をそなえていまして。特定の者に過剰反応するんです」

ディオゲネスは植民地クロレオン人との一件を報告し、

「なにか意味があるはずなんです」と、つづける。二名は七つ獣の飼育キャビンにつづくハッチまできた。ディオゲネスが観察用の小窓を開ける。

「奇妙な生物だな」やがてブルはいった。「瘤のある巨大ジャガイモか。瘤は鰓《えら》の突起のようなものかな？」

「認識のしかたは犬や猫とほぼ同一です。これはヴィールス船が断言しています。犬はどのように認識するかご存じですか？　だれかが自分を嫌っていれば、すぐにそれを感じとり、うなったり逃避行動をとったりして表現するんです」

「植民地クロレオン人やほかの者がこの異質な動物を嫌うのは、おかしなことじゃないだろう。違うのか？」

ディオゲネスは熱をこめてうなずいた。だがそれは、かれのいいたいことではなかった。

「じつは、ブリーはかなりの距離があるのにその嫌悪を感じて、表現しました。だから驚いたんです、レジー。わたしはハイイキンが信用できない。われわれをここまで案内し、バリアの解除に協力するつもりでいるというのは、まあいいでしょう。しかし、かれは正直に話していないと、なんとなく感じるんです。なにかをかくしている。気がついたことはありませんか？」

テラナーは返事ができなかった。

「ハッチを開けてくれ」ブルはたのんだ。ディオゲネスはその望みに応じると、自分にくらべればほっそりした男とともになかへ入った。ジャガイモは身動きしない。ディオゲネスは身をかがめて動物に触れた。慎重に瘤をなでると、惑星アーケインの生物は息を吹きかえした。からだの下の疑似肢が動く。七つ獣はブルに近づいて、かれのまわりを一周した。瘤のひとつでブルを軽く押して、かれの脚の横で動きをとめる。ディオゲネスは頭から目が転げ落ちそうになった。

「宇宙のありったけの奇蹟にかけて！　わたしにこんなことはしなかった。ブリーはあなたが好きなんですよ、レジー！」

「ブリー、ブリーを歓迎する、か」ブルは笑って奇妙な生物をなでた。「ハイイキンが船にいるあいだ、同じ場所にいさせておくのもいいかもしれんな！」

ブルは七つ獣をのこして外に出た。ディオゲネスはあやすようにふた言三言、七つ獣に声をかけると、ブルのあとを追い、ほかの者がハッチを開けられないように施錠した。

「ためしてみてもいいんじゃないのか」と、レジナルド・ブル。「ハイイキンには手の内を見せてもらわなければならんからな！」

「つまり、わたしのいったことを信じてくれるんですね？」ディオゲネスはよろこんで大声を出した。

「信じる、というのはいいすぎだな、ディオゲネス」ブルはひかえめに咳ばらいをした。

「だが、ブリーの瘤が触れたとき、わずかのあいだ、メッセージめいたものを受けとったような気がしたのだ。警告かもしれん。わからんが」

ふたりはヴィーロトロンのある集会室にもどった。《ピサロ》の乗員はここを司令室と呼びならわしている。この空間はさっきのままだが、いくつかの探知データがわずかに変化していた。

「われわれ、貴金属の鉱脈の末端沿いに移動しています」エリアスがふたりに声をかけた。「この鉱脈は岩盤のなかを蛇行していて、天然の鉱脈にしては変わった部類に入りますね。とはいえ、隠者の惑星ではどんなことでも起こりえますから」

ヴェスパー・フルテンがブルを物問いたげに見て、右のおや指で床をさししめす。

「下降だ！」ブルは同意した。「もっと近くで見てみよう」

《ピサロ》とその僚船は岩盤の上空二百メートルまで近づく。何度も急カーブを切ることになった。この地域では山頂が最大で高さ六キロメートルまでそびえていたから。ふつうの搭載艇やコンピュータ制御の宇宙船なら、このせまい空間で衝突せぬように幸運を祈るところだ。だが、ヴィールス船にとってはなんでもない。

金属鉱脈は下に向かって岩盤の奥へと消えていた。岩のせいで正確な探知が不可能になる。ヴィールス船はほかのセグメントとドッキングして性能を強化した。

その瞬間、《ピサロ》は不可視の限界をこえたかのようだった。ホログラム壁が光り、一技術物体が発する熱の輪郭を赤くぼんやりとうつしだした。エネルギー流が可視化されたということ。だが、反応炉ステーションの位置は特定できない。

「バリア発生施設だ」すぐにブルがいった。「反応炉は厳重に遮蔽《しゃへい》されているんだな。バリアを発生させるステーションがあるのは地表ではない。すべては地下から遠隔操作されている！」

五千年前に投入された技術は現代のクロレオン人の技術をはるかに凌駕していた。ヴィーロ宙航士たちの背中を冷たいものがはしる。戦士カルマーやその配下にいるエルファード人のマシンは、いまやどれほど進歩しているのか、と考えたから。

惑星ホロコーストで出会ったクルールもエルファード人だった。クルールはみずから死を選んだ。ヴィーロ宙航士たちにとって、あの出来ごとは衝撃であった。

「あの黒っぽい線は、施設につづく横坑にちがいありませんね」と、エリアス・カンタル。「それを介して、施設からの熱が岩の一帯に伝わっているのでしょう」

ハイイキンがシートから身を起こした。同族とともにブルやヴィーロ宙航士たちに近づく。

「わたしの同族が掘った横坑だ」トランスレーターがかれの言葉を伝える。「わたしの名前をおぼえておくようにといったはず。おぼえていたか？　わたしの言葉を疑っていたのか？」

「そうではない」エリアスは急いで答えると、口を開きかけたディオゲネスに警告の視線を向けてから、「われわれ、どうするべきなんだ？」

「どうするかだと？」ブルがぶっきらぼうに問いで応じる。「着陸して、入口を探すんだ！」

＊

探知された地下施設は深度四キロメートルに位置していた。ブルは自分に同行して地下に向かう部隊を編成した。隊員は、ハイイキン以下六名の植民地クロレオン人、ストロンカー・キーン、エリアス・カンタル、ディオゲネスことノーマン・ザイツェフ、ガーフィールドだ。テラナーたちと火星人は、充分な防御・武器システムをそなえたヴィールス・セランを着用した。植民地クロレオン人は、自船から《ピサロ》に運びこんだ制服と装備を身につけている。

「峰のあいだのちいさな卓状地がよさそうだな」と、ブル。ヴィールス船はかれの言葉にしたがって、そこに向かった。船は牽引ビームで部隊を卓状地におろして後退。

「すべて順調ですよ」ヴェスパー・フルテンの声がヘルメット受信機から響いた。「抗体は先ほどと同じ位置にいます。前進はしていませんが、増えるいっぽうですね」

ブルは動きだした。携行デテクターで出入口すなわち横坑の開口部を探す。セランが探知結果を保存し、短時間で開口部とおぼしき場所を特定した。

ブルは今後の展開について頭をひねった。見てのとおり、有機組織社会は惑星の極地方を最後の闘争のために選びだしている。この惑星が戦争をぶじに生きのびられるのかどうか、定かではない。ほかの五惑星と同じことになるかもしれず、それは故郷星系におけるクロレオン人の破滅を意味する。

それはなんとしても阻止せねばならない。ブルとヴィーロ宙航士たちはカタストロフィを防ぐためにあらゆる手段を講じるつもりだった。いまなおクローンたちがカルマーの力に対抗できぬことは明白である。だれかがとめなければ、カルマーは今回も自分の言葉を文字どおりに実現するだろう。〝意識〟が途中で中断した話によれば、Xデーはすでにきている。だから〝母〟は戦争意識を生みだしたのだ。

だが、Xデーには戦士と、その配下のエルファード人も再来するはず。

「ブルより《ピサロ》へ。空間探知反応が強くなった。大艦隊に目を光らせておいてくれ！」

ヴィールス船の仲間はブルの意図を理解し、五本ある至福のリングの外側領域、リングの中間領域、まだ存在している第一惑星に注意を向ける。そのあいだにブルと同行者たちは出入口を探し、ついに見つけた。むきだしの岩のあいだのくぼみに巧妙にかくされていたのである。かれらの前で穴が口を開いていた。二メートル先の岩壁で行きどまりになったが、これが崩壊の結果であることに疑いの余地はない。この奥に横坑があるのだ。

エリアスとハイイキンは岩壁の開閉機構を探したが、見つからなかった。そこで障害物を力ずくで排除することにした。ディオゲネスとガーフィールドが岩にブラスターを向けて蒸気と化す。

岩はあっという間に冷え、ガラス化した。ブルはその表面を跳びこえて横坑に入った。しなやかなヴィールス・セランのおかげで自在に動くことができる。生命維持システムをそなえた高性能防護服は、着用していることを忘れるほどだ。周囲は暗闇で気温は三十度。セランの投光器が点灯して横坑が見えた。ごくわずかな下り勾配の道が卓状地の奥へとつづいている。ブルは同行者に合図をした。ハイイキンと五名の植民地クロレオン人がそばにくる。ブルはかれらに、先頭で同族の気配に目を光らせるよう依頼した。

横坑の湾曲部を過ぎると、傾斜がきつくなった。十パーセント以上の勾配で地下につづく。部隊は手探りで下に向かった。横坑に損傷はなく、崩落などの障害物もない。ここを掘った者のシュプールも見あたらなかった。

「それでもかれらはここにいたのだ」ハイイキンがいいはった。「われわれにはわかる。このような横坑を掘るのは、古き植民者にルーツを持つクロレオン人のみ。故郷星系から離反したのち、ほぼすべての植民惑星で市民に避難場所を提供すべく、こうした横坑が設置された。クロレオンが武力を行使した場合にそなえて。だが、カルマーの出現がそれを阻止したというわけだ」

「まるで、カルマーの出現をよろこんでいるように聞こえるな」と、エリアス。「ぞっとするよ」

ハイイキンは返事をせず、前方をさししめした。そこで横坑はちいさな四角い空間につづいている。詰めても五人が立てるほどのひろさしかなく、そこから三本の道が枝分かれしていた。

どの道を選ぶべきか、かれらは考えた。ブルはセランに問いあわせて、まんなかに決めた。それが目的地にいちばん近いと思われたから。だが、ガーフィールドだけは異議をとなえた。

「手っとりばやい道は、往々にして最短の道ではない」と、火星人。「これは昔からの知恵ですよ。だれの言葉かは知りませんが。タッチャー・ア・ハイヌか、その親しい友、ダライモク・ロルヴィクかもしれない」

ガーフィールドは正しかった。ただし、それが判明したのは、あとになって部隊が地表にもどり、洞穴網の地図を見つけてからである。

かれらは選んだ道をたどっていった。道はまもなく下り坂になり、やがて渦を巻いた。段のないらせん階段のようだ。ブルは、転送機ステーションのない古めかしい地下車庫への進入路のようだと思った。いつまでも終わらず、右にも左にも分かれ道はない。かれらは半時間ほど下へと急ぐあいだ、一度ならず立ちどまった。

「深度二キロメートル」エリアス・カンタルが断定する。「施設らしきものはまったく見あたりませんね」

エネルギー活動は強まっていた。かれらの下のどこかに、かつてエルファード人が設置した秘密ステーションがある。すくなくともハイイキンはそう主張していた。だが、それが間違いだと判明しても、ブルは驚かないだろう。抗体を生産する秘密の工場のひとつかもしれない。

ついにらせん状の通廊が終わった。すべて同じ方向に向かっている開口部が六つほどある。ふたたびまんなかを選び、広大な洞穴やトンネルからなる迷宮に入りこんだ。

ハイイキンとその同族が先に行ったが、すぐにいくつかの物体を手にしてもどってきた。

「すべてのクロレオン人が携帯する装備だ」と、ハイイキン。「この持ち主の居場所を推測するのは無理というもの。だが、穴を掘った装置も見つけた。地面の掘削跡はすべて同じ方向に向かっている。それはこれまでたどってきた方角でもある。われわれ、探していた道にいるのだ」

ブルはうなずいた。それならよかった。とにかく時間がない。災いがいつ隠者の惑星を見舞うかもしれず、そのときにバリアが存在していてはならないのだから。すくなくともヴィールス船には、乗員の望みを実現するために、完全な移動の自由が必要なのである。

かれらは前進した。探知が鮮明になっていく。十五分後、ブルはセランに時間を確認して、横坑に入ってから一時間半だと告げられた。ヴィールス船との通信はつながらない。岩盤が通信波を吸収するのだ。使用可能な通信機が地下施設で見つかるまで待つしかなかった。

洞穴網はさらに枝分かれして、先が見とおせなくなっていく。エリアスがブルの隣りにきて話をした。植民者はなんのためにこの洞穴網を設置したのだろうかと、考えていたらしい。意味があるとは思えないという。長期滞在を見こしてのことなら、話はべつだろうと。

「迷宮は、勝手を知ってさえいれば、かくれ場として役にたちます」と、エリアス。「しかし、なにから身をかくすのでしょう？　この洞穴網を築くのに要した時間のほんの一部で、われわれが探知した施設全体を解体できたはず」

横坑がにわかにひろがり、遠方でライトが点灯。金属探知機が反応し、ついに目的地に達したとわかる。はるか前方、ぼんやりした光のなかに、そそり立つ金属の壁がかろうじて認められた。そこから施設がはじまっているのだ。

「つまり、地下に向かういちばん遠まわりな道を選んだようですね」ガーフィールドが低くいった。「迷宮はわれわれを好きなように引きずりまわしたというわけ」

「迷宮が？　それとも、植民者が？」ディオゲネスがたずねる。

ディオゲネスは七つ獣の行動を思いだしているのだろう。ブルはそう考え、ハイイキンとその同族をしげしげと見た。トランスレーターがすべてを訳しているのに、かれらはなんの反応もしめさない。かれらに悪意はなく、隠者の惑星の同族を救うことだけを考えているようだ。

そして、戦士カルマーと戦うのだと思いこんでいる。

この瞬間、ブルは考えた。ディオゲネスは間違っている。瘤のあるジャガイモの行動には、なにかべつの意味があるのだ。ハイイキンは正直に話している。かれはクロレオン人で、カルマーが同族の生きのこりまで殺すのを阻止したいと願っているのだろう。カルマーへの復讐も望んでいるかもしれない。だが、それは正気の沙汰ではなかった。戦士に技術力で対抗することはできないのだから。昔も、いまも。

セランが、金属壁の手前に防御バリアが展開されたと報告。ブルは立ちどまる。

「見つかったな」と、ブル。「施設はわれわれの存在に気づいている」

「それで、どうしましょうか？」ガーフィールドがたずねる。「目的地は目の前ですが……」

「黙れ！」ハイイキンが割って入った。「われわれ、防御バリアを破壊する。ほかにどうするというのだ。わたしの名前をおぼえておくようにと、理由もなくいったのではない。自分ではじめたことは、わたしが自分でかたをつける！」

＊

「わたしはカルマー」横坑の側道からあらわれた存在が、流暢なクロレオン語で話した。からだをきらめかせ、仰々しい動きをして、「わたしはカルマー。あなたがたを歓迎する。案内をさせてもらいたい」

部隊は立ちどまった。全員の視線がハイイキンに注がれる。植民地クロレオン人は、最初は前方にひれ伏したものの、すぐにあとずさって、

「ロボットだ！」と、言葉を絞りだした。「驚いた。これは予想していなかった！」

「カルマーだと？」ブルが叫ぶ。「カルマーはこんな外見をしているのか？」

そのマシンの形状は生命体に見えなかった。角張り、ごつごつしていて、特定の生物種のかたちにつくられたものではない。二本の柱状脚で前進し、センサーは樽形ボディの上部についている。

「カルマーがどのような姿をしていたかなど、だれにわかるというのだ」ハイイキンがうなるように、「当時、かれの声のほかに、情報は得られなかったのだから。われわれが知っているのは、かれが存在するということ。だが、その声を聞きわけられる者はいないだろう。当時の録音はいまも存在するが、磁気リールがすりきれていて、声が変わっている可能性がある」

「あなたがたを施設に案内する」ロボットがいいはった。「ついてこられよ！」

そういって動きはじめる。ヴィーロ宙航士たちはあとを追った。ロボットは武装していない。危険はないだろう。案内してもらってはいけない理由があるだろうか。

「だめだ！」だしぬけに鋭くハイイキンがいう。バリアまで二十メートルのところにき

ていたが、「これは罠だ！」

ヴィーロ宙航士のだれかがそれを理解する前に、植民者六名は前方に身を投げた。その手の武器が上方の照明光を受けてきらめく。しゅっという音がして、ロボットの表面のいくつかの個所が黒く染まり、泡が立った。金属がバターのように溶ける。

「かくれろ！」ガーフィールドが叫び、もよりの側道に逃げこむ。テラナーたちは火星人のあとを追った。

ロボットが爆発。クロレオン人は床に伏せて半球形の頭を守る。金属の破片がその上を飛び、岩壁に衝突した。周囲の温度があがり、微光を発する燃えがらの山が、名前だけは高名なロボットの不名誉な結末を物語っている。

ハイイキンとその同族が身を起こした。

「あのひゅうという音が聞こえるか？」ハイイキンが叫ぶ。「なにかが起きている！」

次の瞬間、全員が気づいた。金属壁や防御バリアにいくつも隙間が生じ、似たようなロボットがあふれでてきたのである。大きさはまちまちだが、つくりは同じ。カルマーと名乗ったロボットとは違って武装しており、侵入者への銃撃をためらわなかった。

セランの防御バリアが展開。ヴィーロ宙航士たちは側道にたてこもったが、植民地クロレオン人は容赦なくロボットを攻撃している。

「引っこめ！」ブルはハイイキンに叫んだ。「死にたいのか？」

数でまさるロボットに対して勝ち目はないと、ようやくクロレオン人にもわかったようで、テラナーのもとまで後退してくる。かれらは力を合わせてバリケードを築いた。だが、これでは短時間しか攻撃を押しとどめられないだろう。ロボットは全方向に展開し、あっという間に侵入者を包囲。ブルらがたてこもる横坑の後方からも接近してくる。

「ディオゲネス、ストロンカー、うしろだ！」ブルが鋭く、「接近させるな！」

クロレオン人の三名が、ヴィーロ宙航士二名の援護にまわる。かれらはふたつの前線で戦い、さしあたりロボットとの距離の維持には成功した。命中ビームを受けたロボットの爆発音が何度も響く。

レジナルド・ブルは金属壁のバリアのようすをうかがった。開口部からさらに増援があふれでてくる。エリアスの真横で岩が内側から光り、赤熱《せきねつ》しはじめた。その裏にロボットがいるのだ。岩を溶かして穴をあけ、ブルらがかくれている横坑への出入口を増やそうとしている。

「ここをはなれましょう！」ディオゲネスが鋭くいい、ハイイキンもなにが起きているのか理解した。全員で危険な場所をはなれる。そのため、金属壁も防御バリアも見えなくなった。ブルは上に目をやり、逃げられそうな亀裂やシャフトを探したが、見つからない。罠にはまったのだ。脱出するには、銃で道を切りひらくしかなかろう。

横坑の壁でいくつもの個所が赤熱しはじめた。これ以上は後退できない。かれらは分散し、生じた開口部のひとつに狙いをつけた。先頭のロボットの金属表面を視認したとたん、射撃。数秒で溶けた金属のしずくがしたたる山ができ、後続のロボットの道をふさいだ。だが、そのあいだにも横坑の開口部からさらにロボットがあらわれて侵入者を銃撃し、目の前に炎の壁ができる。ブルは最終的な撤退を告げた。

「あっちの通廊だ！」ブルはロボットがつくった開口部のひとつを指さした。「ハイイキンとその仲間は中央へ！」植民地クロレオン人は防御バリアをそなえていないのだ。ハイイキンの同族の一名が、かすめた銃撃で負傷してちいさくうめいた。銃で身を守れる状態ではない。

「痛みはおさまるもの」ストロンカー・キーンが鋭くいう。「行くぞ、逃げろ！」

瓦礫のなか、かれらは並行する横坑へと急いだ。そこでもロボットがうようよしている。見わけのつかぬ塊りとなり、先ほどまでかくれていた横坑にもあふれていた。ブルは悟った。自分たちはこのせまい場所にとらえられたのだ。腕をおろし、射撃をやめさせる。

「降伏しよう！」ブルは叫んだ。ところがハイイキンが片腕でブルのわきを、バリアが切れているかどうかたしかめもせずに突いた。さいわいセランは、せまい場所で身をよせるためにバリアを切っていた。

「降伏はしない！」ハイイキンは声をとどろかせ、味方の説得にかかる。ヴィーロ宙航士たちはクロレオン人の興奮をまざまざと感じた。ハイイキンのいわんとすることを、にわかにブルは理解する。いわれずとも思いついていてよかったはずだ。だが地下への行軍と戦闘の混乱で気をそらされていた。

「あなたが戦士カルマーなのか、ほかの何者なのか、それはどうでもいいこと」ハイイキンがブルにいう。「やるのだ。マシンがわれわれを殺すのを阻止しなければならない。なにがかかっているのか、忘れないでくれ。やつらに手袋を見せるのだ！」

ブルはセランをまさぐった。ポケットのなかのパーミットを感じる。手袋には圧迫感がある。この通行許可証とともに背負いこんだ重荷をふたたび意識した。

力の集合体エスタルトゥの使者ストーカーから、これを受けとったのだ。ブルはふと、ロワ・ダントンとロナルド・テケナーのことを思った。友ふたりは、いまどこにいるのだろうか？　ストーカーが《ツナミ114》を襲って強奪したのではないかという、テクの疑念も頭に浮かぶ。ホログラム記憶装置がその証拠だった。乗員はどうなった？　だが、テクは疑念を立証できなかった。ストーカーは巧みにいいのがれ、なにもわからなかったのだ。もしかしたら、テクの勘ぐりも事実無根だったのかもしれない。

それでも、このすべてを考えていた数分の一秒のあいだ、ブルの口のなかには腐ったような味がひろがり、追いはらうことができなかった。

ブルはポケットに手を入れ、決闘の手袋を引っぱりだした。惑星ホロコーストでは、似た外見のパイプ状物体がエルファード人にとってのしるしとなり、隠者の惑星の住人は、これを最後の闘争の合図と理解した。ならば、ここ地下施設でこのしるしが認識されないなど、ありうるだろうか？

ヴィールス船で航行をはじめたとき、いつかこの鉄製のさやを使うことになるとは思ってもいなかった。だが、すでに何度も使っている。ブルはさやをとりだし、左腕にはめた。パーミットは指のない鉄の手袋のような外見をしている。ブルは腕を高くあげると、仲間たちのそばをゆっくり通りすぎ、ロボットに歩みよった。いくつかの命中ビームを吸収して、個体バリアが光る。ブルはすべてをかけて、ロボットのすぐ前で立ちどまった。

パーミットが効果を発揮した。ロボットは瞬時に射撃をやめて動きはじめる。ブルが振りかえって味方に合図をするよりも早く、隊列は撤退していた。ヴィーロ宙航士とクロレオン人が横坑のなかで集まったとき、ロボットは一体も見あたらなかった。

「きみの名前をおぼえていてよかった」ブルが植民地クロレオン人のリーダーに告げた。「この手袋は戦士カルマーやエルファード人に関係するすべての施設にとって、一種の〝開け、ゴマ〟というわけだな」

かれらはかくれていた横坑を出る。ちょうど最後のロボットが開口部に消えたところだった。

「バリアが！　なくなっている！」と、ハイイキン。

金属壁に、グライダー一機が通れる幅の開口部がゆっくりと形成された。部隊は動きだした。

6

　これは未知の施設だと、ヴィーロ宙航士たちにはすぐにわかった。この施設の技術は隠者の惑星で見慣れたものとはまったく関係がない。目の前で音もなく開いたドアは、前もってそれと見わけることはできなかったし、後方で閉じてしまえばまたわからなくなった。

　レジナルド・ブルはハイイキンの警告で慎重になっていて、罠だという考えが頭からはなれない。左腕のパーミットに何度も目をやるが、手袋はただそこにあるだけだ。ブルは自問した。この物体は、自分には感じられない放射を発しているのだろうか。それとも、この外見だけが理由で作用するのか。

　ブルと同行者たちはひろびろとした一ホールに足を踏み入れた。ここには制御装置がずらりとならんでいる。ハイイキンが歩を速めて先頭を急ぎ、

「ここにまちがいない」と、告げる。「ここが惑星をつつむバリアを制御する施設だ。わたしに作業をさせてくれ。じゃまはせぬこと！」

ハイイキンは手近なコンソールに向かうと、身をかがめた。センサーの列や音声指示受信機やボタンやライトをしげしげと見る。それらはブルーやヴァイオレットや褐色に暗く光り、一部は不規則なリズムで点滅していた。

ヴィーロ宙航士たちは、ほかのクロレオン人とともにあちこちに散らばった。ブルはハイイキンの横に行く。

「この装置をあつかえるのか？」と、たずねた。

「わたしは技術者で兵士だ」と、いう返事。「この説明で充分か？」

ブルにとっては充分でなかった。ハイイキンのような古めかしい技術のなかで育った者にエルファード人の施設の勝手がわかるなど、想像もつかないのだ。自分のほうがうまくやれそうな気がする。だからこそ、すぐにいくつものスクリーンが点灯したときは驚嘆したのである。スクリーンには惑星表面のさまざまな場所がうつしだされ、概略図もひとつあった。

「発電ステーションだ」ハイイキンが概略図の説明をする。「惑星全体に散らばっている。つまり、バリアを発生させているのはただひとつのステーションではないということ。ここは各ステーションをコントロールしている制御施設にすぎない」

ブルはうなずいた。これで謎が解けた。なぜ施設内で大型エネルギー反応炉を確認できなかったのか、その理由も説明がつく。維持制御のためなら小規模な発電ステーションでことたりるというもの。

ハイイキンが同族に指示をする。かれが図表を見ながらいくつものスイッチを読みあげ、それを部下がオンにしていく。ハイイキンはじつに卓越した指揮官であり、高い知性をそなえていた。クロレオン人は施設じゅうに散らばり、さらにスイッチを操作。ゴングの音がして、ハイイキンが片腕をあげる。

「いよいよだ！」

かれはすばやく次々にセンサーに触れていった。歌うような音が響き、施設の照明の大半が消灯する。概略図に脈動する赤い光点があらわれ、ゆっくりと消えていった。

ハイイキンはクロレオン人を呼びあつめると、ブルやヴィーロ宙航士の前に立った。

「バリアは切れた」と、宣言する。

ブルはよろこんだ。つまり、自分たちは成功したのだ。植民地クロレオン人を隠者の惑星に連れてきた意味があったというもの。

「ならば、さっさと退散しよう」と、ブル。「われわれ、有機組織社会を救わなければ。それから戦争意識にとりくむ。あれがあらたな状況にどう反応するか、わからんのだからな！」

「そう早まるな、友よ」と、ハイイキン。トランスレーターが訳した口調には、わずかな棘があった。「いくつか調整すべきことがある。あなたたちの計画は論外だ」

「それはきみの勘違いだろう」ストロンカー・キーンがすぐに応じた。「われわれ、傍観するために同行してきたのではない。われわれの使命は、最後の闘争を防ぐこと」

「われわれ植民地クロレオン人は、最後の闘争を避けようとは思っていない」と、ハイイキン。「われわれは戦う。宇宙空間で植民者の艦船が三千隻、待機していて、出撃の合図を待つばかりなのだ。バリアが解除されしだい、クロレオンにくる。いまがそのときということ。われわれ植民者は、Xデーのために戦力を総動員した」

ブルは木槌で額を殴られたような気がした。啞然としてハイイキンを、それからストロンカー・キーンとエリアス・カンタルを見る。

「これでわかりましたね！」ディオゲネスが叫び、どっしりしたからだをブルの視界に入りこませた。「ハイイキンはわれわれをだまして、戦争を防げると信じこませたのです。七つ獣ははじめから虚偽を見ぬいていたんだ！」

「きみは間違っている」ブルはハイイキンにいった。「われわれヴィーロ宙航士がここにいるのだから、戦争はしない。われわれはカルマーの軍勢ではない。たとえ手袋があってもだ」

ブルのなかで怒りがわきあがった。自分は戦争を防ぐつもりでいたのに、植民地クロレオン人のほうは戦争を信奉し、引き起こそうとさえしていると、思い知らされたから。かれら、自分たちがカルマーやエルファード人には対抗できないとわかっているはず。

ハイイキンはおろか者ではない。なぜこのようにふるまうのか、ブルにはわからなかった。

「最後の闘争を防ぐのは無理というもの」ハイイキンが告げる。「勝つにせよ負けるにせよ、避けることはできない。これは掟なのだ。なぜなら〝永遠の戦士〟は〝恒久的葛藤〟の哲学のもとに行動するのだから！　われわれが戦う相手はカルマーであって、ヴィーロ宙航士ではない。とはいえ、まずはここで前線の位置を明らかにしなければ！」

ブルと仲間たちはとまどった。ブルやヴィーロ宙航士を敵と考えていないのなら、クロレオン人はどの敵と戦おうというのだ？　その問いをだれかが発する前に、答えが提示された。通信装置のひとつが作動し、コンタクトが成立したのだ。手袋をつけているブルは装置の使用権限者と認められ、ヴィールス船からの通信を受けとる。ラヴォリーが報告した。隔離バリアの解除により、膨大な数の地下施設が動きだし、あらゆる場所でエネルギーが計測されたという。いい兆候ではない。

「これがしるしだ！　いま、われらの敵が最後の闘争のために目ざめた！」ハイイキンがそういい、レーザー銃を抜くと振りまわした。背後で施設に開口部ができはじめる。かれは叫んだ。「戦え、クロレオン人よ！」

＊

ブルのそばのヴィーロ宙航士たちは、この展開に心の底から驚いた。自動的に開いた出入口付近へと急ぎ集まる。

「ハイイキン！」ブルは叫んで、植民地クロレオン人のもとに行って正気にもどらせようとした。だがストロンカー・キーンにとめられる。

「あれを！」キーンが小声でいう。

施設の開口部から奇妙な者があらわれた。背中に棘のある鎧を身につけた生物である。エルファード人のクルールに生きうつしだ。鎧は光を通さないから、なかの生物がどのような姿をしているのか、さっぱりわからない。鎧の者は動きをとめた。ハイイキンと五名の同族がただちに銃撃する。かれらはあれがエルファード人だとわかっているのだ。五千年前のこの生物の姿を記憶にとどめていたわけか、という考えがブルの頭をよぎった。クロレオン人たち、みずから話したよりも多くを知っているということ。

「やめろ！」ブルはどなって手袋をあげたが、時すでに遅し。しかし、植民地クロレオン人の原始的な銃は鎧の者にまったく歯が立たず、エルファード人は攻撃に気づいたそぶりも見せない。すくなくともブルには反応らしきものは感じとれなかった。ところが、にわかに植民地クロレオン人六名のからだにちいさな穴がたくさんあいたようになり、砕けちったのである。二秒と待たず、制服のなかに塵の山がのこるのみとなった。銃が床にたたきつけられ、役目を終える。エルファード人が動きはじめて、ヴィーロ宙航士のほうへと向かってきた。十メートルもはなれていない場所で立ちどまる。

聞きおぼえのある、歌うような声が響いた。奇妙な物音を、トランスレーターが理解できるインターコスモに訳す。

「ヴォルカイルはしるしを認識した、支配者よ！」と、鎧の者。「最後の闘争の準備はできている！」

そういって黙り、ブルが問いただしてもなにも答えなかった。ラヴォリーが連絡をよこして、植民者の艦船が隠者の惑星に向かっていると報告。宇宙空間のヴィールス船団は動揺していた。ブルは、個性的な仲間たちに真剣に語りかける必要に迫られる。

「突発的な事件があってな」ブルはラヴォリーに返事をした。「最後の闘争はさらに避けがたくなった。われわれ、なすすべもなく巻きこまれたというわけだ。次々にあらたな出来ごとに見舞われている」

「わたしたち、なにをするべきなのでしょう、レジー？」

「じっとしていろ、ラヴォリー！　われわれ、ここで一エルファード人に出くわした。だが、最短コースで地表にあがり、そっちに行く！」

そうはいったものの、実行できるかどうかブルにはわからなかった。鎧の者がふたたび動き、あの言葉をくりかえす。

「ヴォルカイルは最後の闘争の準備ができている！」

この言葉は、ブルとヴィーロ宙航士たちにとり、いつまでも終わることのない悪夢の一部のようであった。

戦士のこぶし

ペーター・グリーゼ

1

ヴィールス製のちいさなゴンドラが、独自の反重力フィールドに乗ってハッチの横を上昇し、女シガ星人のジジ・フッゼルが開閉センサーに触れられる高さまで浮きあがった。ジジはすこしばかり腹をたてていた。テラナーの恋人が自分で開けてくれれば、彼女の体格ではむずかしいことをせずにすむのに、と思って。だが、期待を胸に怒りをおさえる。たぶん〝のっぽさん〟は……彼女はライナー・ディクのことをそう呼んでいた……予告していたサプライズの用意をしているところだわ。なにしろきょうは、わたしの八百回めの誕生日なのだから。

大昔の船のハッチを模したヴィールス被膜が四方へと流れ去り、道が開けた。ジジは思考操縦でヴィールス・ゴンドラを開口部に近づける。目の前にテラナーがあらわれたから。

「やあ！　《クォーターデッキ》に帰ってきたぞ！」ライナー・ディクが笑った。「きみにまた会えてうれしいよ」

そういって前腕の長さのヴィールス・ゴンドラをつかむと、顔の前に引きよせた。

「もう！」と、ジジはもらした。この恋人ときたら、またしても古いしみだらけのブルーのバスローブと、古いスリッパしか身につけていないのだ。「あなたは帰ってきたし、わたしの誕生日なんだから、それなりの服を着てもいいんじゃないの？」

ディクはあっさりと手を振ってみせた。かれは、レジナルド・ブルの《エクスプローラー》にドッキングしたほぼすべてのヴィールス船でおなじみの、くだけた雰囲気を楽しんでいた。

「よろこんでほしいな、ちいさな魔女」ディクは頬をゆるめた。「わたしがきみの誕生日を忘れなかったことをさ。入って、どんなプレゼントを用意したのか見てごらん」

ディクが先を行き、ヴィールス・ゴンドラがつづく。

セグメント一二三四、正式名称《クォーターデッキ》は、セグメント一の《エクスプローラー》にドッキングしたヴィールス船複合体のなかでも、最小の部類に入るセグメントである。不規則な形状の宇宙船は最長部が百メートル。ピラミッドのようなかたちだが、上半分がなく、角はまるみを帯びている。《クォーターデッキ》は、ピラミッドを切ったような正方形の面でほかのヴィールス船二隻とつながっていた。ディクがもどったと聞いたジジは、その連絡トンネルの一本を通ってきたのだ。

若いテラの生物学者は、調査にちいさな恋人を連れていかないといいはった。長命のシガ星人ジジもまた生物学者で、ポジトロニクス技師である。それでも、自分を同行させない理由を聞いて彼女は受け入れた。

ライナー・ディクは、恋人に特別なバースデープレゼントを用意して驚かせたかったのだ。

ふたりは反重力シャフトに入ると、《クォーターデッキ》上部、ディクの居室とラボがあるほうに向かった。そのとき船もジジ・フッゼルに挨拶をしたが、ここ《クォーターデッキ》に、ヴィシュナの心地いい声は存在しない。ディクと仲間たち、つまり若いテラの科学者や仲よしクラブのメンバーは全員、水上を行く大昔の船に関心がある。だから、ヴィールス雲から《クォーターデッキ》が形成されたとき、老いた船乗りのしわがれ声でしゃべらせることにしたのだ。さらに、船を呼ぶのにも通例どおりの〝ヴィー〟ではなく、〝キャプテン〟という名を使った。

「開けてくれ、キャプテン」居室に着くとディクはいった。船内には小型センサー・キイやそれに類するものは存在しない。すべての指示は音声で、つねにあらゆる場所にいる船に伝えられる。

「どうぞ！」キャプテンの声がとどろいた。

「聖堂に帰ってきたわ」シガ星人が満足の吐息をもらした。

ジジはヴィーロ宙航士のやり方で、ヴィールス・ゴンドラを思考であやつることができる。そのために、ヴィールス雲はみずからの一部から特殊な超小型装置をつくっていた。これはバスタブ形のちいさなゴンドラを操縦するだけのもの。ほかにゴンドラがそなえているのは、身長十八センチメートルの女シガ星人を運ぶにふさわしい反重力プラットフォームのみである。

ディクは隣りの空間につづく開いたままの出入口をさししめし、期待をこめてほほえんだ。ジジはヴィールス・ゴンドラから跳びおりて、ゴンドラを古い操舵輪の下の棚まで飛ばす。操舵輪は、テラの昔の航海にちなんだたくさんのノスタルジックな品物とともに飾られていた。ジジは、のこる数メートルを自分の足で歩いていきたかったのだ。恋人が一歩進むごとに二十歩も歩くことになるが、それは気にならなかった。

「ほんとうにわくわくするわ、のっぽさん」ジジは明るい声でいった。ほとんどそれとわからない増幅装置が彼女の声を強めている。テラの成人女性が話しているかのようだ。

ディクは彼女に先を譲った。

シガ星人は、隣室に入ると鋭い叫び声をあげて茫然と立ちどまった。

「コマンザタラ！」驚きに声が引っくりかえっている。「ほんとうにいたのね。そしてあなたが見つけた！　夢みたいよ。おめでとう、のっぽさん！　これはすばらしい発見だわ。あなたは生物学史に名をのこすのよ」

「違うよ」ディクはちいさな女性を抱きあげた。「わたしが見つけたんだとしても、あれはわたしのものじゃない。それに、おめでとうをいうのはこっちだ。きみの誕生日なんだから、ちいさな魔女！　このコマンザタラがプレゼントというわけさ」

「これは受けとれないわ、ライナー！」ジジは大きな恋人をめずらしく本名で呼んだ。

「だめだめ！　受けとってくれ。ただし、わたしにも研究に参加してほしいってことなら、反対はしないよ」

ジジはかれの手から肩へとジャンプして、頰に熱烈なキスをした。

「どうやって見つけたのか、聞かせて。すべてを正確に知っておきたいから」

「よろこんで、ちいさな魔女。そしてきみは、わたしが留守のあいだにここでなにがあったのか、話してくれ」

「あとでね、のっぽさん。それに、キャプテンが情報を集めているわ」

テラナーは居室に女シガ星人を連れていき、低いソファに身を沈めると、船に食事のしたくと飲みものをたのんだ。ジジはソファの肘かけの上にすわりこみ、胸を躍らせてディクの話を待った。

＊

かれらは十八名の同志だった。異郷への憧れにとらえられ、ヴィールス船を持ちたいと願って、それがかなえられたのだ。ディクが非公式のリーダーになり、船に名前をつけ、秩序ある生活に必要なものを調達した。とはいえ、あまりすることはなかった。乗員の面倒をみるのは船だったから。

男九名と女九名、それが《クォーターデッキ》の全乗員である。いいかえると、ペア七組と単独の者四名だ。そのペアのなかでもディクとジジは異色だった。ふたりが出会ったのは数年前のこと。宇宙の無限の息吹《いぶき》をとらえ、ヴィールス・インペリウムの残骸が呼ぶ声を聞いても、それはふたりにとって問題にはならなかった。はてしない宇宙で研究をつづけたいと思っていたから。

ロワ・ダントンやロナルド・テケナーが追っているような目的など、《クォーターデッキ》の全乗員にとってなんの意味もなかった。かれらを結びつけていたのは異郷への憧れと研究意欲である。やがて、たがいに知りあうようになったが、どの乗員も多少の差はあれ独自の道を歩んでいる。この船はおもに十二の区画からなるが、そのうちのひとつにはだれも住んでいない。一テラナーがヴィールス船の形成後に乗船を撤回し、べつのグループにくわわったためだ。

どの区画にも居室とラボがひとつずつあり、どちらも使用者の希望に沿ってつくられていた。ライナー・ディクの区画にだけは、経験豊富な宙航士であれば司令室と呼びそうな空間がある。だがこのキャビンは、テラ宇宙船の司令室とはまるで違っていた。ものがほとんどなく、椅子が二脚とちいさなテーブルが一台あるのみ。ヴィールス船の操縦も、すべてが口頭の指示によってなされていた。この空間とほかのキャビンとの違いは、キャプテンがここでコミュニケーションや映像や探知といったさまざまな手段を使えるということだけだ。

レジナルド・ブルの《エクスプローラー》複合体にはじめてドッキングするさいに、デイクはこのキャビンを使ったが、それからは使っていない。ほかの場所で指示を出しても、キャプテンは反応するのだから。いずれにせよ、かれには特別に複雑な航行はできないし、する気もなかったのである。

この船のさらに特殊な個所は第二区画だ。そこでは二名のマークス、グレク98とグレク99が隔離された水素大気のなかで暮らしている。二名はテラの大学のアドバイザーだった。かれらもまた、ほかの多くの非テラナーと同じく、銀河系の出来ごとやクロノフォシル・テラ活性化の流れのなかで、異郷への憧れにとらえられたのである。ヴィールス船はアンドロメダ銀河出身の二名のため、かれらの生理的欲求に完全に合った環境をつくりだした。さらに当然ながら、二名が居室の外で動きまわるためのスーツも。

ヴィールス船複合体の外で起きた出来ごとに対して、《クォーターデッキ》の乗員はほとんど関心をしめしていない。反応はしたが、それだけである。

このセグメントは、太陽系をスタートしてからすでに三度、複合体から分離している。研究者たちは独自の道を歩んで未知惑星を訪れ、植生を調査してサンプルを集めた。だが《クォーターデッキ》は毎回、複合体に帰還した。孤独を感じたときには、ほかの多くのヴィールス船やその乗員の存在に安心感をもらえるから。

レジナルド・ブルが規則をひとつも定めなかったおかげで、《クォーターデッキ》でも、ほかのほとんどのヴィールス船でも、乗員たちはのびのびと船内生活を楽しんでいた。異郷への憧れに駆られ、個人的な関心が前面に出るので、もめごとはめったにない。だれもがヴィールス船の形成時に望むものを手に入れていたから。この永遠にも思える幸福な状態がどれほどつづくかというのは、じつにささいな問題で、それについて心配をする者はほとんどいなかった。

ストーカーはクローン・メイセンハートの協力を得て、異郷に憧れる者に対してエスタルトゥの奇蹟を魅力的に語った。エレンディラの至福のリングから、アブサンタ＝ゴムの〝カゲロウ〟にいたるまで、その宇宙の非凡さはじつに多くの者の心を刺激して、探求すべき目的地となったのである。だが、セグメント一二三四のライナー・ディクや仲間たちにとって、それはさして重要ではなかった。研究したいと思うものに出会えるのは、むしろ平均的な惑星だからだ。

小型の《クォーターデッキ》に、いわゆるメンターはいない。船はさまざまな任務を自力でこなしていた。大きめのセグメントにはもと前衛騎兵がいて、サート・フードに似たヴィーロトロンを使って船と精神的に一体化し、直接操縦するのだが、このような贅沢は小型の《クォーターデッキ》には不要というもの。もと前衛騎兵の人数はかぎられているから、五百名以上の乗員がいる比較的大型のヴィールス船に入るのは当然だった。

ライナー・ディクは、ボンベイ大学で博士号を取得したときの指導教授を思いだした。高齢のこの教授も異郷への憧れにとらえられ、冒険したいと願ったのだ。百年間たずさわった生物学研究のことを忘れ去り、同好の士とともに一隻のヴィールス船を手に入れて、セグメント九の船長となったのである。ライナーは老教授に会いにいき、そのさい偶然、セグメント九の指導部が船の名前を変えようとしているのを耳にした。

太陽系をスタートしたときのセグメント九は《彼方の息吹》という名称だった。いまその巨船は《揺れ動く心》と呼ばれている。どちらにしても、その名前はほとんどのテラナーの心情にふさわしいものだと、ディクは思った。

ブルの《エクスプローラー》複合体にくわわり、スタートしてから数日後には、きびしい規制は敷かれないことが明らかになった。それを望むわずかな者も動きを見せず、規則は定められなかった。

モットーは〝自由放任主義〟ということになった。それはいまも変わらないようだ。

ディクは、惑星ホロコーストの調査に参加しようと仲間に声をかける気にはなれなかった。かれも仲間も、生物学的な活動が実質的に見られない惑星には興味がない。そこで複合体から分離し、独自の目的地を探すことにした。

そして、見つけたのである……植物生命体があふれる一惑星を。動物は存在せず、知性体もいない。この、《クォーターデッキ》乗員にとってのパラダイス惑星は、豊富な研究対象をもたらした。当初は新種の植物を発見できなかったものの、のちに大成功を手にしたのだった。

しかし、ジジ・フッゼルはすこし違う発見をしていた。すっかり崩れた山小屋を見つけたのである。つまり、なんらかの知性体が過去にここを訪れたということ。そこで彼女はあるものを見つけたのだが、当初は意味があるとは思われなかった……一本のケーブルになど！

後日、《クォーターデッキ》船内でキャプテンが乗員の手土産を順次分類していたときにはじめて、このケーブルが記憶媒体であり、磁性セグメントのかたちで情報を保存していることが判明した。ジジはメインテーマである植物学への関心を忘れ、その情報を解読しようとし、やがてキャプテンの手を借りて成功したのである。

磁性ケーブルは完全なかたちではなかったが、そこに保存されていた内容は、ライナー・ディクやそのちいさな恋人にとって、点火されたアルコン爆弾以上の力をそなえていた。内容は以下のとおりである。

＊

〈……あなたは真の善をなしたいと願っていますね、これを読んでいる未知の女性よ。宇宙はあなたが見るべき奇蹟で満たされています。あなたが避けるべき支配力があり、それあなたが見ぬくべき死の危険がある。あなたが驚くであろう絢爛《けんらん》たる恒星があり、それにつきしたがう惑星がある。その惑星が生命を生みだしたのです。もしもあなたが生命を愛さなければ、暗い奈落を通ることになるでしょう。もしもあなたが足もとの植物を踏みにじれば、悪《あ》しき罪をおかすことになるでしょう。夜が近づけば、あなたは朝の曙《しょ》光《こう》を忘れるでしょう。宇宙には不死という奇蹟があり、あなたはそれを感じとるでしょう……〉

ここで数字が提示された。バイナリ・コードだ。もしや、座標か？

〈……命が存在します。宇宙は生きているのです。星々のあいだのゾーンにも生命がある。なにひとつ死んではいません。すべてが動いています。あるものは速く、あるものは停止しているかのように遅い。ただ動きだけが持続していて、動きだけが現存します。この動きをとらえることは、あなたの貧弱な感覚ではできません。あまりにも鈍感なのです、あなたの感覚は。それとも、あなたにはコマンザタラを理解できる感覚があるの

ですか？　そんなはずはない……〉
ふたたび謎のビットがリズミカルなパターンでつづく。もしかして、伴奏のようなものか？　それをキャプテンがメロディに変換したが、そのメロディはライナーとジジをひどく悲しい気分にさせて、それ以上は聞きたくないと思うほどであった。
〈……コマンザタラは存在します。もしも出会ったら、助けてやってください。助けを必要としているのです。コマンザタラは、宇宙の奇蹟にくらべれば無に等しいけれど、美しい。あなたはその美しさに魅了されて、彼女がかかえる本来の問題を見落としてしまうでしょう。その問題をあなたに語ることは、だれにもできない。あなたが自分の力でコマンザタラの永遠の問いとその答えを見つけだしたとき、はじめて彼女を助けることができる。あなたには謎のように聞こえるかもしれません、未知の女性よ。しかし、けっして謎ではありません。それは命であり、宇宙を生みだした最大の奇蹟なのです。というのも、この壮大な創造活動の背後にあるものを、われわれはみな理解しないから。われわれはその前で、とらわれのないまなざしと畏敬の念をもってこうべを垂れ、〃それを受けとりたい！〃と、叫ぶのです。信じないのなら、このメッセージを読むのをやめなさい。あなたにはコマンザタラを救うことができないから……〉
ふたたび、理解できない記号が表示される。そのなかに唯一、意味をなす認識可能な単語があった。〃シクラウン〃だ。

これは固有名のように聞こえた。それ以外はすべて混乱していて理解不能である。

〈……どのようにしてコマンザタラを見わけるのか教えましょう。最大の特徴は、唯一無二に見えること。まさに唯一無二なのです、このメッセージを読んでいる女性よ！しかし、もしもあなたがコマンザタラに質問をして、相手が答えたとしても、その答えはまったく違って聞こえることでしょう。コマンザタラは女性植物、大地の被造物です。大地とともに生き、大地に根ざしている。つねに変化し、すばらしく美しい！しかし、惑わされてはなりません。コマンザタラのすばらしい魅力のオーラは、あなたに害をなすから。コマンザタラがほんとうはなんなのか、あなたが見ぬくのをさまたげるでしょう。宇宙の銀河間で起こる動きと同じように、コマンザタラは不変です。宇宙を満たし、宇宙を宇宙たらしめているすべての原子と同じように、生きています。コマンザタラはこの宇宙の一部であり、意味のない微小なかけらです。その質量は消えそうなまでにちいさいから。それでも……彼女は美しく、XXXXなのです。わたしはこの言葉をあとになって消去しました、これを読んでいてほしい未知の女性よ。なぜなら、もしもその言葉がここにあれば、わたしはあなたが踏みだすべき第一歩をつまずきに変えていたでしょう。わたしの用心深さを理解してください。コマンザタラを助けられるのは、真心からさしのべられた手だけなのです。そして、コマンザタラのためになることは、あなたにとっても助けになると知っていてください。一枚の葉が育てるのです！ほかの

葉を……ほかの……〉

「植物を！」ジジが手をたたく。会話補助装置の拡声機能をうっかり強めすぎて、それが爆発音のように響きわたり、ライナー・ディクはうめいて耳を押さえた。

〈……シクラウン、ペルペティン、サンス＝クロル、アルヴァアンドレー、マンルドゥム、ヴィリヤンドク。これらはコマンザタラが失敗し、絶望をあおられた場所！　でも知っておいてください、この情報を読んでいる未知の女性よ。コマンザタラはけっしてあきらめません！　絶望は表面だけのことで、心まで満たしはしない。なぜなら、永遠の女性性はあきらめないから。XXXXなのです。この言葉も先ほどと同じ理由で、残念ながら消さなければなりません。そうしなければ、コマンザタラのチャンスは消滅してしまうでしょう。チャンスがあるとは、わたしには思えないのですが、彼女にそう伝えてはいません……〉

「サザン・カンフォートを一本！」ライナー・ディクがキャプテンに叫ぶ。ヴィールス船はただちに無言でフレーバードウイスキーのボトルをとどけた。

ポジティヴ・ビットとネガティヴ・ビットが正確に入れ替わる明瞭な配列がつづく。メロディはなく、数学的でもないが、体系的だ。その意味は不明だが。

〈……あなたはコマンザタラを見つけようとして、見つけるでしょう。コマンザダラがあなたを探しているから。彼女はあなたを必要としています。でも、あなたはコマンザタラを必要としていない。それは事実です。一本の植物が、あなたとなんのかかわりがあるというのでしょう。その植物はすこしXXXXなのです。もうおわかりですね、わたしはこれも消去しなければなりません。あなたが宇宙の美の女神と出会いたければ、コマンザタラを探しなさい。特別なことはなにもないけれど、美しい。コマンザタラはそれを知っています。しかし、誇ってはいません。自分の外見のことを考えるひまもないのです。べつのことをしているから。もうわかるでしょう。五回書かれたXを……〉

「わたしには難解すぎる話だな」ディクがあっさり白状した。キャプテンも同意する。

「うるさくしないで、のっぽさん！」ジジが大声を出す。五百歳も若がえるような話を聞かされていると感じていたから。

〈……は、あまり大きくありません。数かぎりない惑星に育つ草よりも、いくらか大きいほどでしょう。そのからだは弓なりに反り、色は深紅。根は細くちいさいけれど、じつに強固です。茎は見る者を魅了せずにはおかないハーモニーを発し、からだの上方をダークグリーンの葉四枚が飾っている。この葉と茎は、コマンザタラが女であることをしめしています。その性格を知れば、さらにはっきりとそれがわかり、彼女のXXXXを理解できます。あなたもまた理解するでしょう、この情報を読んでいる未知の女性よ。コマンザタラの頭は蕾《つぼみ》です。はちきれそうにふくらみ、光り輝き、千もの色彩を次々にはなちます。繊細な感覚器、きらめく末端。数千もの、XXXXXXXの意味。

沈黙。自己憐憫《れんびん》はない。嘆きもない。あなたがコマンザタラを見れば……いつかあなたは見つけると、わたしは信じています……その花はやわらかなブルーに光るでしょう。そして、あなたがコマンザタラを理解したら、ブルーの色調は消え、燃えるように赤く輝くでしょう……〉

ふたたび、訳せない記号。

〈あなたはこの話を……？　できなくても心配はいりません、未知の女性よ。あなたがわたしを探したいと願えば、わたしを見つけるでしょう。こう語ることで、わたし自身がコマンザタラだと明かしていますね。この言葉はわたしから出たものだから。死者に手伝ってもらって、この記録をつくりました。うまくいったかどうか、わたしにはわかりません。いつかだれかが見つけてくれるかどうかも、疑わしいと思っています。でも……先ほどもいったように、コマンザタラはけっして希望を捨てません！　チャンスを失わぬために、シュプールはのこすべきもの……〉

ここで間があった。

絵のような描写。

キャプテンはこれも再生できた。

ディクとシガ星人は、コマンザタラをその目で見た。

女性植物は、あまりにも自分を卑下して自画像を描いていた！　この絵を見ればわかる。実際にはどのような姿をしているのだろうか？

「くだらないおしゃべりだよ！」テラナーはシガ星人の恋人に大声で、「こんなのは、だれかがだれかを……」

「しずかにして！」ジジがかれの言葉をさえぎった。乱暴な話し方は好きではなかったから。なにしろ彼女は高貴なシガ星人で、八百歳になろうとしているのだ。

　磁性ケーブルの再生はそこで終わっていた。

*

「そろそろ聞かせて」誕生日を迎えた女性はたのみこんだ。「どうやってコマンザタラを見つけたのか」

「〝コルク栓〟さ」ライナー・ディクは答えた。「われわれ、あの老教授のことをそう呼んでいるんだ。いまは冒険者となり、宇宙船の船長として大暴《あば》れしているけれどね。その教授が、理解できなかった情報の一部を解読したんだ。黙っていたのは、きみを引っくりかえらせるようなバースデープレゼントを披露したかったからだよ。あれは座標だった。そうして、見つけたんだ。考えられないほど運がよかったのさ。いや、コマンザタラがそれを望んだのかもしれない」

　ジジ・フッゼルは開口部ごしに隣室を凝視した。そこでは全長一メートル弱の植物が植木鉢におさまっていた。蕾全体がブルーに光っている。ジジにはわかった。自分がもとめている理解には、はるか遠く達していないのだと。

「これはただの植物にすぎないよ」と、ディク。「テストしてみたんだ。知性はないし、コミュニケーションの手段も持たない。なにもないよ。きみにコマンザタラをプレゼントしたのは、植物だからだ。きみがわたしと同じぐらいに植物を愛しているのは知っているから。コマンザタラはすばらしく美しい。魅力的だし、茎は不思議なハーモニーを発している。でも、植物だから動かない。座標にあった惑星にはこれひとつだけしかなかった。この点では、あの磁性ケーブルの内容は正しかったな。唯一無二の存在なんだ。きみがこれを見てよろこんでくれれば、わたしはそれで充分さ。きみがうれしいなら、わたしもうれしいからね、ちいさな魔女」

「あなたはその座標の惑星を探しだした。けれど、コマンザタラと同じようなものは、ほかには見つからなかったのね？」ジジはたずねた。

ライナー・ディクは黙ってうなずく。

「あの名前はなにを意味しているのかしら？」シガ星人はさらにたずねた。「シクラウン、ペルペティン、サンス＝クロル……」

テラナーは首を横に振った。

コマンザタラが上方の葉を高く伸ばす。胴部の先端の蕾がグレイになる。

「きみに見せたいものがあるんだ」テラナーはそういって、ちいさなシガ星人をさっとつかむと、叫んだ。「キャプテン！　明かりを消してくれ」

暗くなった。

コマンザタラが、光っている。

茎はやわらかな深紅に輝き、蕾は考えられるかぎりの色調を次々にはなってふたりを魅了した。その光はあたたかく軽《かろ》やかだった。好ましい影が落とされ、テラナーとシガ星人は息をとめた。

ジジは、植物がわずかに揺れたように思った。その輪郭が明瞭になる。明瞭さのなかに、ほとんど理解できない深遠なハーモニーと……

……悲しみ！

「あなたを助けるわ」ジジ・フッゼルはちいさな声でいった。

コマンザタラはさらに明るく輝いた。

2

「よくわからないんだけど」しばらくして、ライナー・デイクが正直にいった。「わたしは七日間、留守にしていたからね。つまり、レジナルド・ブルはエスタルトゥを見つけて心を満足させるために《エクスプローラー》複合体で至福のリングを横切ったわけか」

「逆よ」ジジ・フッゼルが訂正する。「至福のリングを見つけるためにエスタルトゥを横切ったの」

答えているあいだも、シガ星人はコマンザタラから目をはなさなかった。

「そうなんだね」テラナー生物学者は彼女に話を合わせると、みじかい口髭《くちひげ》をなでた。これを生《は》やしているのは、実験中に上唇にけがをして、それを医療センターに伝えなかった、というだけの理由からだった。医療センターで傷痕がのこらないように処置してもらえばよかったのだが、こうして傷がのこったので、口髭でかくしている。

ジジはその理由に納得しなかった。《クォーターデッキ》のヴィールス・ドクターなら、いまからでもそのささいな外見上の欠点をとりのぞけると、何度か口にしたもの。だがテラナーは頑固だった。やがてシガ星人はその理由を聞いて黙ったのである。

「ちいさな傷や欠点がなかったら、われわれにはなにもなくなってしまうよ」生物学者はそういうのだった。「こんなわたしで満足してほしいな」

「ブルがしたことを話す前に」と、ジジがいった。「あなたの教授の調査についてもっと知りたいわ。磁性ケーブルの不明だった個所をすべて解読できたの？」

「いや」と、ディク。「でも、いくつかはわかったんだ。そのひとつが、ある星系の座標でね。わたしがコマンザタラを見つけたのもそこだ。この奇妙な植物をほかの者の目からかくすのは大変だったよ。とくに二名のマークスは、いつもわたしのまわりをかぎまわっているから。なにかおかしいって気がついていたな」

「もっと聞かせて！」ジジがせかす。

「教授の考えでは、シクラウンやペルペティンなどの名前は、コマンザタラが行ったこ
とのある惑星なんだそうだ。ケーブルで何度も示唆されていたことをやりとげるためにね。でも成功しなかった。惑星のひとつ、シクラウンについては、教授が名前とポジションを関連づけることができた。そのデータはキャプテンが知っている」

「それはよかったわ」シガ星人はうれしそうに、「それなら、コマンザタラの謎を解く第一の手がかりはあるわけね。《クォーターデッキ》を分離させてシクラウンに行って

みたらどうかしら。ほかの人たちも反対はしないと思うわ」

ライナー・ディクはうなずいたが、

「幽霊を追いかけているんじゃないか、という気がしないでもないけどね。いやな感じがする。もしかしたら、だれかに悪い冗談をしかけられているだけかもしれない」

「そうだとしても、最悪というほどではないでしょう」ジジが反論する。「とにかくこの件は解明しましょうよ。徹底的に調べるの。わかった？」

「もちろんさ。結局のところ、なにを研究したっていいんだから。でも、ブルがどうなったのかも聞いておきたいな」

「あまりたくさんのことは起きていないわ、のっぽさん。まずは、すばらしいプレゼントにお礼をいわせてね。ほんとうに比類のないサプライズだわ。謎のコマンザタラだなんて！」

「もういいよ、ちいさな魔女」ディクはすっかり気まずくなって、急いで話題を変えようとした。「気になることがあるんだ。ケーブルの語り手は、メッセージの聞き手が女だという前提に立っていた。どうしてそう思ったんだろう？」

「わからないわ」と、ジジ。「コマンザタラが自分のことを女だと考えているからかもしれない」

「そうだね。永遠の女性性。教授もそう考えていた。教授はそこから、コマンザタラが語ろうとしなかった言葉も推測したんだ」

「聞かせて、のっぽさん！」

「彼女はなにかを探している」

「でも、なにを？」

「すべての女が探しているものだよ。ひとりの男さ。思いだしてほしい。自分が唯一無二の存在であるかどうかに疑念を持っていただろう」

「それが正しいとしたら」ジジ・フッゼルは推測をつづけた。「コマンザタラは世界でいちばん孤独なのよ」

「相手は植物だ」ディクが話をはじめにもどした。「知性の兆候は確認できなかった」

シガ星人が黙ったので話題を変える。

「われわれ、いまどこにいるのかな？　ブルと仲間たちはなにを計画している？」

「〝おとめ座の門〟と名づけた星系に向かったわ。そこで至福のリング五本が見つかったの。わたしが報告の中身を正しく理解できているのなら、ブリーはいくつか問題をかかえているみたい。かれはストーカーから、エスタルトゥに入るための一種の通行許証をもらっていた。〝パーミット〟と呼ばれるものよ。でもそれがなんなのか、よくわかっていなかったようなの。指のない鉄の手袋のような外見をしている」

「興味ない話だな」ディクは手を振ってみせた。

「わたしたちが複合体から分離したあと、ブリーたちは植物のない一惑星で奇妙な生命体を発見したの。生命体はクルールという名前で、自分はエルファード人だと主張したそうよ……それがなにを意味するとしても。ブリーは核戦争で荒廃したその惑星をホロコーストと名づけた。あなたがコマンザタラを探しにいっているあいだに、《エクスプローラー》のヴィーがそう知らせてきたわ。わたしたちがいまいるのは、NGC4649のエレンディラ銀河よ」

「それも興味ないな。そのクルールはどこか船内にいるのか?」

「よくわからない理由で自爆してしまったわ」

「ほんとうに奇妙な話だ」テラナーは驚いている。

「まだあるの。自由にやっていくことにずっと前から反対で、厳格なルールの導入を望んでいたテラナー四人がいたでしょう。すくなくとも名前はおぼえておいたほうがいいわ。だれを相手にしないといけないのか、知っておかないとね。アギド・ヴェンドル、ミランドラ・カインズ、ドラン・メインスター、コロフォン・バイタルギュー。この四人はなにかといえば厳格にやろうとして、責任感に訴えるような通信を発しているけれど、わたしが確認したところでは成功していないわ。不思議じゃないけど。かれらはどこかおかしいから」

「頭のおかしい連中はどこにでもいるものさ」ディクはそういって、この話にもあまり興味がないとしめした。

かれはキャプテンを呼びだした。ただちに反応があり、ディクの望みどおりに《クォーターデッキ》の全セクターと通信がつながる。再度の分離に異議は出なかったが、目的地であるほぼ二十八光年はなれたシクラウンという惑星は、乗員たちの興味を引かないようだ。かれらには充分な数の研究対象があったから。

分離の指示を出す前に、ライナー・ディクはセグメント一の《エクスプローラー》と通信をつないだ。ふたたび独自の道を行くと伝えるためだ。もちろん反論はない。ヴィールス船の巨大複合体のメンバーは、だれひとり規則でしばられてはいないのだから。

「きみたちがすべての〝おとめ座の門〟でおおいに楽しめるよう、祈ってるよ」ディクは別れぎわに冗談を飛ばした。

「〝おとめ座の門〟は、ひとつだけです」ブルの船のおだやかな声が訂正した。「その唯一の惑星は〝隠者の惑星〟と名づけられました」

「興味ないな」ディクはそういうと、キャプテンに声をかけた。「分離するぞ、豪勇の士よ。シクラウンに向かう!」

「アイ、アイ、サー!」キャプテンはそう応じて、指示を実行した。

＊

ヴァティンは上級監視員だった。つまり、本来ならば十一日ごとに遠隔ステーションでの任務を中断し、その後の三日間はシクラウンで自由にすごせることになっている。だが、このクロレオン人はひとりでいるのが好きで、自分の任務に没頭していた。すでに何度も遠隔ステーションで休暇をすごしている。故郷惑星には引かれるものがないから。上司はそれを高く評価し、熱心な勤務態度を賞讃して、遠隔ステーションと母星間の連絡船を使う頻度をできるだけ減らすことを認めていた。

Xデーが近づいていると、軍上層部の公式発表ではいわれていた。タルシカー提督が毎日のようにあらゆるメディアで熱弁をふるい、何度もキイワードをくりかえしている。戦士カルマー。最後の闘争。伝統的クロレオン人の力をためす試験。植民惑星の同盟。そして、戦士カルマーへの賞讃。

ヴァティンはそれらの言葉を聞き、多くの演説を暗記していた。何度も何度も放送されたからだ。だが、真の背景は理解できない。タルシカー提督や、ほか五つの植民惑星の提督たちが実際にはなにを意図しているのか、ちっとも明言されないのだ。上級監視員はシクラウン周辺に集まった艦隊の行軍を追った。二千六百隻以上の艦船がすでに到着している。最終的に三千隻になると、タルシカー提督が話していた。かれの言葉は絶対なのである。

ヴァティンが勤務する遠隔ステーションは、シクラウンから百三十八光分はなれていた。したがって、最後の闘争へおもむく艦隊が集結している宙域よりも外側にある。Xデーがくれば、ヴァティンはここを離任することになっていた。かれはシクラウンのブルーの防衛隊の一員で、ある艦への着任がすでに決まっていたから。そこでの任務が楽しみだった。だれが敵なのかさっぱりわからないことについては、あえて知らぬふりをしていた。

たったいま、シクラウンからの放送がまたはじまった。植民惑星連合艦隊の指揮官六名が会議のために集まっている。この会議がシクラウンで開かれたのは、タルシカーにそれを開く権限があるからだ。

屈強な体軀《たいく》のタルシカー提督は、無数の勲章がさがる紺色の制服を身につけ、堂々たる姿だった。演壇の奥に立ち、力強い腕をその上に置いている。三十六個の目がある半球形の頭がぴくぴく動き、緊張ぶりを物語っていた。頸はないが、あらゆる方向を向いた目がその埋めあわせをしている。

頭と胴の境界にある呼吸スリットがすこし震えた。タルシカー提督の祖父にあたる者がシクラウン艦隊をひきいてサンス＝クロルやヴィリヤンドクを相手にしていたことを、ヴァティンは思いだした。だが、植民地クロレオン人同士が命をおびやかしあう時代は終わったのだ。六惑星の協調は、永遠の戦士カルマーが五千年前に定めたXデーが近づくにつれて深まっていた。

ヴァティンは提督の姿に圧倒され、その言葉に注意をはらっていなかった。指揮官の暗褐色の顔からは、兵士らしい非情さと不退転の決意が見てとれる。

提督が演壇をはなれると、カメラが会議の参加者たちをうつしだした。タルシカーが紹介していく。

惑星ペルペティンのグリーンの防衛隊をひきいるギルガメル提督は、名前を呼ばれるとわずかに礼をした。その隣りで赤い制服のタフ＝クロル提督が姿勢をただす。制服にはかれの居住惑星サンス＝クロルのマークが見えた。タフ＝クロルは表情を変えなかった。顔は仮面のように硬直している。

それにくらべると、惑星アルヴァアンドレーが擁するグレイの防衛隊のエダモー提督は少々、見劣りした。頭ふたつぶんも小柄だからだ。だが、その目は狡猾《こうかつ》に光っている。目のひとつが撮影レンズをまっすぐに見たとき、ヴァティンは刺すような視線に文字どおり身をすくめた。

「永遠の戦士に栄光あれ！」パランガード提督がどなり、まるめたこぶしを前に突きだす。むらさきの制服は古く、すりきれているように見える。惑星マンルドゥムの指揮官は多くの勲章を受けているはずだが、制服にはひとつも飾っていなかった。

最後に紹介されたのは植民惑星ヴィリヤンドクのスパルツァー提督である。黒の防衛隊の指揮官は、自身も漆黒であった。制服にはけばけばしい色彩の点が光り、目は貪欲にきらめいている。スパルツァーはからだをぐるりとまわすと、ヴァティンには意味がわからない奇妙なしぐさをした。

「シクラウン、ペルペティン、サンス＝クロルに住む種族たちよ」タルシカーが語りはじめる。こんどは遠隔ステーションの孤独なクロレオン人も注意深く耳をかたむけた。

「ヴィリヤンドク、マンルドゥム、アルヴァアンドレーに住む種族たちよ！　われらにあらたな栄誉をもたらす最後の闘争のはじまりが近づいている。五千年前になにが起きたのか、知っているだろう。永遠の戦士カルマーとエルファード人がクロレオン人に任務をあたえた。その任務とは、最後の闘争がはじまる日のために軍備をととのえるというもの。この闘争は防御であり、痛みからの回復であり、最後通牒《つうちょう》である。われら六惑星の種族が故郷クロレオンとの絆《きずな》を断ち切ったのは、さいわいだったといえよう。われわれは独自のやり方で艦隊をつくりあげた。それは永遠の戦士のまごうかたなき栄誉となる。そのしるしは知っているな。〝戦士のこぶし〟だ」

映像が挿入された。金属光沢を持つ、指のない手袋がうつしだされる。

「われら植民者たちの連合艦隊はまもなくスタートする。目的地は知ってのとおり、クロレオンだ。永遠の戦士によって何者も外に出られぬエネルギー・フィールドでつつまれた故郷惑星である。現在のクロレオンがどうなっているのか、われわれは知らない。われらの故郷惑星がこの日のためにどのような準備をしてきたのか、われわれは知らない。興味を持つまでもない。なぜなら、われわれは知っているからだ。永遠の戦士の栄光をふたたび生じさせるために、どこで、どちらの側について戦うべきなのか」

「そうだとも。どこでなんだ？」ヴァティンはつぶやいた。提督自身もはっきりとわかっていないのではないか、と感じた。

シクラウンの学校では昔から、政府の決めたことだけが教えられてきた。政府を構成するのは軍の高官である。

ヴァティンは自分の種族の歴史について、すこしだが考えてきた。だが、ほかのクロレオン人とその話をしたことはない。社会は軍隊式に厳格に組織され、異分子は知らぬうちに姿を消してしまう。伝承への疑問を口にした者は、耐えられぬほどの罰をあたえられるのである。

五千年前、クロレオン人は六つの惑星に移住した。すべてがせまい宙域に集まっている。四光年というのが、はるか昔に独立した植民惑星間の平均的な距離であった。基本的に各住民は、偉大な永遠の戦士カルマー出現のさいにクロレオンの外にいた者たちの子孫だ。当然ながら、当時クロレオンの外にいた者の多くは宇宙艦隊の構成員であったが、あのとき故郷星系で破壊された五惑星に住んでいた大勢のクロレオン人もまた、植民惑星に移住していた。

母星から切りはなされたことが、独自に発展する分岐点になった。軍が主導権を握り、過去五千年間、実質的な変化はなかった。かれらはクロレオンとおおいに距離をおいてきた。ときおり調査隊が二十三光年の距離をこえて、故郷惑星のぶじを確認しにいったが、帰還しなかった。戦士のエネルギー・バリアのためである。いつしかそれが判明してからは、意味のない調査は中止された。

ヴァティンはとくに頭が切れるわけではないが、真実と嘘についてはすぐれた感覚をそなえている。偉大なる技術的進歩について提督たちが順に語った内容は、話にならないと心中ひそかに感じた。曾祖父の話を思いだす。そのころの艦船や攻撃・防衛のための艦載兵器は、いまと変わりはしないのだ。

「認めたくないんだな」ヴァティンは声に出して考えた。「永遠の昔から停滞してるってことを。戦士とそのこぶしの妄想が、ものを見えなくさせているんだ」

ヴァティンにはわかっていた。表立ってこんな発言をすれば即座に降格させられるだろう。かれのなかでふたつの心が争っていた。猜疑《さいぎ》心と、提督になってみたいという夢である。

故郷惑星のその後の発展については、詳細にわかっているという噂があった。エネルギー・バリアは外からなら通過できるらしい。つまり、クロレオンに行くことは可能なのだ。通信波についていえば、永遠の戦士の壁は一時的な障害にしかならないという。

ヴァティンがかつて教わった老教師が一度その話をしたことがある。クロレオンでは住民がすっかり変化を遂げ、高度培養技術で生まれたスペシャリストからなる有機組織社会が形成されたらしい。教師は嫌悪もあらわにこの罪深い変化について語った。自分は真実を耳にしたと、ヴァティンはいまでも信じている。だが、それを知りうるのは提督や軍事大臣だけだ。ブルーの防衛隊の一介の兵士が聞くことを許されるのは、まったくべつの話である。

はるか昔、クロレオン人種族に災禍をもたらした戦士カルマーは、もはや恐怖の対象ではなくなっている。軍は、カルマーがあらゆる面で讃美の対象となるように手をまわしていた。

ヴァティンにとって、それは重大な矛盾だった。

植民地クロレオン人が故郷世界を嫌悪しているのなら、なぜ、最後の闘争で有機組織社会の側について永遠の戦士と対峙《たいじ》するべく、軍備をととのえているのだろうか？

このような考えは、自分にはすこし高尚すぎる、上級監視員はそう考えて心をしずめようとした。そのうちに答えはわかるだろう。遠隔ステーションでの時間はもうすぐ終わるのだから。いまに伝令船がやってきて、《レフラート》まで連れていってくれる。そこで探知将校として砲兵隊に配属されるのだ。

艦は遠隔ステーションよりもずっと印象的だ。横半分に切られた卵のようなかたちをしている。卵の先端が艦首で、たいらな艦尾にはエンジンノズルがある。ヴァティンは操縦士の訓練も受けていた。だが、緊急時に小型の葉巻形搭載艇を操縦できる程度である。

提督の制服を着る夢がどれほど遠いものか、あらためて考え、ため息をつく。

提督たちの議論は、さんざん聞かされてきたテーマにうつっていた。ヴァティンの関心は麻痺しているが、ただ聞きつづける。そのような態度を要求する規則があるから。

提督たちはほんとうの狙いを口にせず、遠まわしな話ばかりしている。戦士の〝名誉法典〟を引きあいに出し、決闘の手袋の映像に心酔しているのだ。

やがて、シクラウンのメディア記者や市民が集まった指揮官に質問をすることが許されたが、ヴァティンはすぐに気がついた。そこにいるのは慎重に選ばれた者ばかりだ。ほぼすべての問いが月並みなもので、すでに何度も回答されている。質問が想定の枠をこえると、返答が曖昧《あいまい》で強硬になり、質問者はみずからすすんで引きさがるのだった。

ヴァティンの隣りで、自動装置がかたかたと音をたてはじめた。上級監視員は情報にさっと目をやった。最後の艦船が到着したのだ。タフ＝クロル提督の赤の防衛隊で、アルヴァアンドレーの戦力である。これで連合艦隊はそろった。三千隻の戦闘艦がスタート命令を待っている。

ヴァティンは不安になった。艦隊が自分抜きで出発してしまうのではないか、という考えが急に頭をよぎったからだ。遠隔ステーションの時計表示に目をやって、データや時間を《レフラート》への着任通知の内容と照合する。安堵して背もたれによりかかった。大丈夫だ。

いま到着した最後の艦隊が、自分の監視宙域を通らなかったのもよかった。ここはしずまりかえっている。伝令船がくるまでなにもないだろう。個人的な装備はまとめてある。両親には連絡した。すべて順調だ。

さらに考えにふけりながら提督たちの話を追った。故郷惑星の現状を知るのはいいことだろうと不満げに述べたタルシカーに、ギルガメルがおおいに賛同したところだ。グリーンの防衛隊の提督は、母星の有機組織社会を語るさいにいくらかの賞讃をこめさえした。だが、漆黒の制服を身につけた漆黒のスパルツァーは、ただちに反論。かれは冒《ぼう》瀆《とく》と罪について話し、クロレオン人の母なる種族が歩んだ道は、断じて永遠の戦士の承認を得られぬと主張した。

そのとき、なんの前触れもなく、いくつもの出来ごとがヴァティンに降りかかった。発端になったのは、会議の席をはなれたタルシカーが、すぐに興奮したようすで演壇の奥にあらわれたことである。

「しずかに!」提督の声がマイクロフォンに向かってとどろいた。「永遠の戦士の言葉が現実となりはじめた。戦士の艦隊がクロレオン上空にあらわれたのだ。数珠《じゅず》つなぎになった宇宙船は千隻をはるかにこえ、その最初の一団が戦士の壁を突破しようとしている。Xデーがきたということ。われわれ、会議を終了させてスタートする」
ほかの提督の頭上のカメラが後退する。ギルガメル、タフ＝クロル、エダモー、パラ
ンガード、スパルツァー、全員が同じポーズをしていた。かれらは勢いよく立ちあがり、
三十六個の目を荒々しく光らせたのである。
永遠の戦士のこぶしがなんの説明もなくスクリーンにあらわれた。このすべては百三
十八分前に起きたことなのだと考えて、ヴァティンはいてもたってもいられぬ思いをし
た。通信波が遠隔ステーションにとどくまで、それだけの時間がかかるのである。
もう一度ため息をつきそうになったとき、警報サイレンで飛びあがった。急いで立ち
あがり、とまどって周囲を見る。七年前に下級監視員として着任してから、この監視ス
テーションで警報が鳴ったことは一度もない。すっかり面くらって、なにをすればいい
のかも、警報の原因も、わからなかった。
《レフラート》に自分を連れていく伝令船は三時間後にくるはず。三時間後に、監視員
としての任務は終わる。
それなのにいま、警報が耳のなかでけたたましく鳴っているのだ！
困りはててコンピュータに型どおりの問いを発した。返答を読んでいらだち、目がぴ
くぴく動く。表示されたのはなにか栄養ペーストの補給と関係のあること。興奮して間
違ったキイを押したのだ。

だが、ついにサイレンの音を切るボタンを見つけた。そうして生じた静寂が、われに返る手助けをしてくれた。

スクリーンでは、まだ戦士のこぶしが光っている。

その横、遠距離探知のスクリーンで、白い点が点滅。

ヴァティンは理解した。

通知されていないなにかが、シクラウンに接近している。

「永遠の戦士だ！」押し殺した声でつぶやいた。

訓練でたたきこまれた反射が主導権を握る。かれは映像を拡大して未知物体のデータを印刷した。

違う。これがカルマーのはずはない。その宇宙船は、自分たちの艦隊のお粗末な艦船よりもちいさいのだ。さらに、植民地クロレオン人の宇宙船でもない。かたちがまるで違っている。

なにをすべきなのか、ヴァティンはわかっていた。

シクラウンに警報を発すると同時に、この遠隔ステーションにドッキングせよという、あらかじめ用意された通信文を未知船に送信する。これは簡潔明瞭なシンボルテキストだから、宇宙航行をするすべての知性体が理解できるはずだ。

ヴァティンはシートにすわりこんで反応を待った。シクラウンへの警報は、このような緊急事態であれば使用が許されるハイパー通信回線で発した。だが、目前に迫る艦隊スタートのどさくさのなかで、迅速な反応があるだろうか。

そして、あの未知船の正体は？

未知者はすぐに返事をよこした。

それは、こちらの要求と同じ様式で書かれたシンボル通信だった。

〝こちらは《クォーターデッキ》。平和目的で到来しました。そちらの要求どおりにドッキングします〟

「ほう」と、ヴァティン。「ずいぶん礼儀正しいことだな」

べつの受信機がシグナルを発した。

「遠隔ステーションの上級監視員ヴァティンへ！」声がとどろく。「伝令船《エクセ二三》が接近中。ただちにエアロックAへ出頭せよ！ 装備を持参！ 現職を解く。《レフラート》にてあらたな任務だ！ 永遠の戦士に栄光あれ！ 受領確認を！」

ヴァティンは応答しなかった。この口調をシンボル通信の友好的な言葉とくらべてみて、なにかがおかしいと思った。《レフラート》には行くつもりだが、これほど乱暴にどなりつけることはなかろう！

《エクセ二三》に返事をすべく通話ボタンを押そうとしたとき、ハイパー通信機が音声を発した。

「准提督リリングジョークだ」と、聞こえた。「ヴァティン、その未知船に対応してもらいたい。《エクセ二三》には、この件が解決するまできみの支援をさせる。随時報告せよ！　よろしいか？」

「了解しました」上級監視員は答えた。ハイパー通信の通話ボタンをはなし、ひとりごちる。「ありがとう、リリングジョーク准提督」

そして、通常通信の装置に飛びついた。

「《エクセ二三》へ！」と、叫ぶ。「ドッキングしてくれ。武器を攻撃態勢に！　准提督から連絡があった！　ばかなことはするなよ！　いいか？」

「了解、上級監視員ヴァティン！」

三番めの受信機がぱちぱちと音をたてる。

「こちらは《クォーターデッキ》のジジ・フッゼル」おだやかな女声をヴァティンは聞きとった。「わたしたちはあなたがたの言語を使えるの。キャプテンがうまく訳してくれるから。こちらは平和的にそこに向かっています。だから、粗野でばかげた口調は使わないようにお願いするわ。どうやら、あなたがたはじつに頭がかたく、過度な軍国主義のようね。こちらには、そのようなばかばかしい傾向はないの。先ほどもいったように、わたしたちは平和目的でやってきた、おだやかな者たちよ。違う対応をされれば、おだやかではいられないけど、それでも軍国的でおろかになることはないわ」

「とにかく、きてもらいたい」ヴァティンはおちついて応じた。「それどころか、どなるのではなく話をする相手なら、ぜひ会いたいと思っている」

まもなく《クォーターデッキ》と《エクセ二三》が、ほぼ同時にヴァティンの遠隔ステーションにドッキングした。

ヴァティンは急に冷静になった。《レフラート》に行きたいという願いも、どうでもよくなる。未知者との出会いが楽しみだったのだ。かれらは永遠の戦士と関係があるにきまっている。艦隊が最後の闘争におもむくべく故郷惑星クロレオンへ向けてスタートしようとした瞬間に、シクラウン付近にあらわれたのだから。これは充分な証拠といえよう。このような偶然があるわけがない。

ヴァティンは戦闘服を身につけて、エアロックAへと向かった。ジジ・フッゼルという名の未知者の言葉を聞いてから、自分は自由だと感じていた。

だから、ばかげた軍隊口調は、なしだ。そう心のなかでいった。

3

わたしはヴォルカイルのいうことが理解できなかった。思考を整理して理性的に反応すべく、全力をあげたのだが。

〝ヴォルカイルは最後の闘争の準備ができている！〟

この言葉がなおもわたしの頭のなかでぶんぶん音をたてていた。ラヴォリーには情報を伝えた。それでヴィーロ宙航士たちは、ここ隠者の惑星でなにが起きているのかを知ったのである。ハイイキンが嘘をついたのはたしかだ。あの植民地クロレオン人の本心も、さらに、もういくつかのことも、わたしには理解できなかった。

エルファード人は、わたしを自分のハリネズミ装甲車に引きずりこんだ。わたしを連れて、見知らぬ地下施設の一部へと疾駆していく。

ストロンカー・キーンやほかの同行者はあとにのこされた。ヴィールス船にもどっていることだろう。

わたしは巨大なハリネズミに似た金属製装甲車のなかにいる。この車輛は長さ四十メートル、高さはおよそ十五メートル。見える範囲では、内部にさまざまな装置と、休憩室か倉庫と思われる空間がいくつかあった。この装甲車を製造した技術はわたしにとって未知で、ヴォルカイルがこの車輌でなにができるのかもわからない。しかし、惑星ホロコーストでの出来ごとから、過小評価できないのは明らかだ。

わたしのいる空間はハリネズミ装甲車の操縦室にちがいない。壁にスクリーンに似た装置があり、外を見ることができる。

ヴォルカイルは操作エレメントの前にすわっていた。鎧《よろい》のような金属装備に身をつつんでいる。それは驚くほどしなやかだった。外見は身長二メートルの直立歩行するハリネズミといったところ。鎧の半球状の背中には手の長さの棘《とげ》が無数にあり、動くたびにかちゃかちゃとかすかな音をたてる。ハリネズミ鎧の平坦な胸には、ずれて動く薄片がならんでいた。まるい肩の上に楕円形のヘルメットがあり、ヘルメットの前面には楕円形のワイヤー格子《こうし》がついている。その奥がときおりグリーンに光り、猛獣の目を思わせた。ごつごつしたみじかい二本の腕は、頸もとの左右、胸から伸びており、先端はミトンのようになっている。がっしりしたみじかい脚も同じだ。ヴォルカイルの声は高く、トランスレーターが訳す言葉はメロディアスな歌のようであった。

〝ヴォルカイルは最後の闘争の準備ができている！〟トランスレーターはそう訳したもの。

わたしは戦争を嫌悪している。とくに最後の闘争といわれたら、なおさらだ。旧暦一九七一年にペリー・ローダンとともに月まで飛んだときからすでに、戦争は好きでなかった。それでも、いくつもの戦争に巻きこまれてきた。

わたしはここ隠者の惑星で猛然と動きまわっている。だが頭のどこかに、ここにはストーカーが熱烈にすすめたエレンディラ銀河の至福のリングを見にきただけなのに、という考えがつきまとっていた。

エスタルトゥへの夢はしぼんだ。ここは断じて、ストーカーが語ったようなすべてバラ色の世界ではない。身の毛もよだつ惑星ホロコーストの光景はなかなか頭から消えそうになかった。エルファード人クルールの自殺にも、神経をさいなまれている。

異郷への憧れのために、いろいろな意味で感覚が鈍っていたのだ。わたしは夢をいだいたが、まだ一部しか実現していない。至福のリングはほんとうに存在した！　それは驚くべき光景だった。そのリングが存在することが、ストーカーが嘘をついたのではないという証拠でもある。

だが、苦汁はべつの方向からやってきた。惑星ホロコースト！　さらに、〝おとめ座の門〟のリングは遠い昔に意味もなく破壊された惑星だったと判明した。隠者の惑星の史料保管庫が、感情抜きにはっきりと語ったのだ。

ヴォルカイルはなおも惑星地下へと疾駆していた。このエルファード人は騒然とした雰囲気をただよわせている。ここで最初にショッキングな経験をしたときから気にいらない雰囲気だ。

これは気晴らしでもなんでもない！　改変されたクロレオン人。戦士カルマーの掟にしたがうためだけに、特定の機能に特化して高度培養された生命体。その掟は何千年も前のものだというのに！

隠者の惑星は悪夢だ！　至福のリングは破壊的カオスの具象であり、エルファード人は常軌を逸した思考の産物なのだ。

この数秒間で、わたしはそう納得した。

〝ヴォルカイルは最後の闘争の準備ができている！〟

この言葉が決定打になった。ペリーははるか遠くにいる。わたしはひとりでなんとかしなければならない。

この戦争はなんとしても阻止すべきもの。カルマーは本気で楽しんでいるのかもしれない。この戦争をもとめているのはかれなのだから。だが、そんなことでひるんでいる場合ではなかった。

レジナルド・ブルは、こんなばかなことを断じて認めない！

ヴォルカイルに理解させなければ！　カルマーにもだ！

ハリネズミ装甲車はまだ隠者の惑星の地下通廊やホールを爆走している。この惑星はスイスチーズのように穴だらけなのではないか、わたしはそんな気がした。《エクスプローラー》でわれわれ、一度か二度、〝エスタルトゥをのんびり散歩する〟などと話したもの。ヴィールス船のすべての乗員が頭に浮かんだことを実行できるというアイデアに感動した。だが、いまや散歩などありえないことは明らかである。エスタルトゥは緊張状態にあるようだ。気にいらない話だった。わたしには、目の前にいるエルファード人がおろかで好戦的で卑屈に感じられた。

だが、ふたたび自分にいいきかせる。エルファード人は強制された指示にしたがっているだけだ。カルマーはいまのところ、名前だけの存在にすぎない。カルマーだと名乗ったあのロボットが、破壊の黒幕で、無意味な最後の闘争の首謀者であるはずはないのだから。

カルマーは、それが何者であるにせよ、悪だ。ヴィールス・インペリウムの残骸が宇宙船に変わったとき、われわれが望んだのはよろこびと余暇であったのに。

〝ヴォルカイルはしるしを認識した、支配者よ！〟と、エルファード人は当然のようにいった。あの態度にはいまも不快感をおぼえる。〝ヴォルカイルは最後の闘争の準備ができている！〟

ハリネズミ装甲車が突然、停止した。地下の一ホールが眼前に開けている。奥行きはすくなくとも十キロメートル、高さも同じほど。

ヴォルカイルの歌うような声が耳のまわりでざわめいた。

「最後の闘争。クロレオン人にとっては全か無か。それがはじまるのだ。準備は過去におこなわれた。あれらのマシンが見えるか？」

地下施設を満たしている山ほどのロボットのことだろう。

わたしは返事をしなかった。

「わたしのすることはなにもない」と、ヴォルカイル。不気味な満足感をはなっている。

「すべて調整ずみだから」

わたしは無力感をおぼえた。セラン防護服のポケットからストーカーのパーミットを出して左腕にはめ、金属のさやをなでる。

「戦士のこぶしだ」ヴォルカイルはそういうと、不可解な方法でわたしをハリネズミ装甲車からほうりだした。

わたしはなすすべもなく、麻痺したかのようであった。いまペリーがそばにいれば、と思った。

地下ホールにある高さ数キロメートルのマシンが動きだした。この説明のつかぬ出来ごとをありのままに見ていると、神経が引き裂かれそうになる。

「それは自動制御装置だ！」エルファード人が叫んだ。「あのころに調整されたもの。マシンの素材はおのずと変化する。わたしはなにもする必要はない。永遠の戦士が分岐点を定めた。クロレオン人は自分たちに価値があることを証明しなければならない」

「価値があるだと？」わたしはどなりかえした。わたしの怒りは、引きかえすことも散らすこともできないポイントに達していた。「だれに対してだ？　それに、なぜなんだ？　最後の闘争の意味などどこにある？」

エルファード人はわたしの言葉に反応しなかった。

地下ホールのマシンは動きつづけている。徐々に系統だった秩序が見えてきた。この巨大マシンはみずからを解体しているのだ！

エルファード人は自分の車輛をはなれた。ハリネズミ鎧の姿で身動きせずに立ち、なりゆきを見守っているらしい。

わたしはストロンカー・キーンやほかのヴィーロ宙航士と通信をつなごうとした。だが受信機はぱちぱちと音をたてるばかりで、この試みはまたしても失敗した。そこで、わが友たちは混沌たる状態でも地表でわたしよりうまくやっているはずだと考え、おちつこうとした。

隠者の惑星のすべての出来ごとにくらべれば、いまは自分だけなんとかすればいいのだから、すこしはましというもの。ヴォルカイルはわたしの問いに答えるだろうか？答えられないだろうし、答えるつもりもないのだろう。

エルファード人はなにかをデモンストレーションしたいようだ。いや、わたしの拍手喝采を期待しているのだろうか。これはストーカーのパーミットと関係があるという気がした。ほかに理由があるとは思えない。

「あれを見よ！」巨大なマシンがたてる轟音《ごうおん》のなか、エルファード人が歌うようにいった。あたり一面でエネルギーの閃光がまたたいている。レーザー、エネルギー・フィールド、放射。

エルファード人は指のないごつごつした腕をさっと高くあげて、巨大装置をさししめした。わたしはさされたほうを見る。

マシンの頂上でいくつかの部品がはずれた。その部品はさまざまな方向をめざしてまっしぐらに空中を移動し、枝分かれするエネルギー・ビームの尾を引きながら、小グループを形成した。

目の前で高さ数百メートルぶんの金属壁がはずれて、真っ黄色な無数の球体が出現した。遠くから見ると卵に似ており、生きているかのようだ。

「心臓！」ヴォルカイルが叫ぶ。「戦士の軍勢の心臓だ」

マイクロポジトロニクスか、その類《たぐ》いのものということだろう。卵形物体は数秒で巨大ホールにひろがった。マシンの断片が搬送ビームに乗って、あるいは自力で、光る卵に向かい、あらたな姿をとる。

高速で進むプロセスの意味が見えてきた。マシン解体の裏には明確な意図がある。転換された最初の産物の正体がわかってくると、目から鱗《うろこ》が落ちる思いがした。ホールにあった素材から、戦闘マシンの軍勢が生じているのだ。

同じ外見をした最初の金属製ロボットが、床の上で形成された。その上方にある十二の平面では、全体を武器でおおわれた浮遊ロボットが組みあがっていく。見慣れたタイプのロボットだが、何倍も大きい。そのほとんどが恐怖心をあおる姿で、悪夢から生じたかのようだ。

「永遠の戦士の軍勢だ」エルファード人が満足げにくりかえした。この転換プロセスに文字どおり心酔しているようだ。

わたしはゆっくりとエルファード人に近づいて、からだをまわし、ストーカーのパーミットがヴォルカイルのほうを向くようにした。かれに影響をあたえられそうなものは、この奇妙な金属製物体しか持ちあわせていないから。

突如、ヴォルカイルがわたしのそばに飛んでくる。ハリネズミ鎧を身につけ、がっしりしたみじかい脚をしているというのに、動きが速くてよけることができなかった。

不可視のエネルギー・フィールドがわたしの左手を引っぱりあげる。

「戦士のこぶし！」鎧のなかから叫び声がした。「とこしえの戦いを開始する決闘の手袋！」

ようやくわたしはわきに身をはなすことができた。

ひどく居心地が悪かった。エルファード人がわたしのことをカルマー本人だと思っているように聞こえたから。勘違いにもとづくこの誤解は解かなければならない。わたしは決めた。次の機会を利用して、ヴォルカイルに明瞭に告げよう。わたしはテラナーのレジナルド・ブルであって、かれに謎の戦争を命じた者ではないと。

ヴォルカイルは、わたしのことをカルマーだと思うほどおろかではないはず。この指のない鋼の手袋など、どんな者でも持てるのだから。

ストーカーのことがまた頭に浮かんだ。かれはわれわれを使ってどんな奇妙な芝居をしている？　ここで驚くべき反応を引き起こしているパーミットは、ストーカーから受けとったのだ。

ロボット軍勢が完成していく。もともとの巨大マシンはいくつかの骨組みをのこすのみとなるが、それも転換プロセスにとりこまれた。骨組みから小型の乗り物が生じ、その上でロボットが武器を組み立てたり、位置についたりしている。

何者かがはるか昔にここで強力なプログラミングをほどこし、いまになってはじめて、そしておそらくこれを最後に、動きはじめたのだ。わたしにはこの多くが気にいらないし、さまざまな背景は謎のままでありつづけるのだろうが、この技術的傑作の未知のつくり手のことは賞讃せざるをえない。

「戦士のこぶしの保持者よ！」ヴォルカイルが感激してわたしに叫んだ。歌うような声は何度も裏がえり、ほとんど理解できない。そのうえロボットが充分すぎる騒音を発してている。足を踏み鳴らし、浮遊し、整然とフォーメーションを組んで行進しているのだ。

「クロレオン人の隔離が目的を達したのかどうか、これでまもなく明らかになるだろう」ヴォルカイルはそういって、金属でおおわれた両腕の平坦な先端をこすりあわせた。

「どんな隔離のことだ？」わたしはたずねた。なにがいいたいのか予想はできる。だがなによりも頭にあったのは、ヴォルカイルを会話に引きずりこむこと。いまもっとも必要なのは情報なのだ。

エルファード人はヘルメットの格子をわたしに向けた。ワイヤーのせまい隙間の奥で、ふたたびグリーンの光がきらめいた。

「クロレオン……あなたがたの命名でいえば隠者の惑星……をつつむ、一方通行のバリアのこと」急に話す気になったようだ。「あのバリアは戦士の意向により、クロレオン人をみずからの世界にしばりつけ、最後の闘争の準備しかできぬように強制した。これまで目にしたことから、大いなるよろこびが期待できるというもの。なぜなら、かれらは無為にすごさなかったから。だが、まだ証明はたりない。最後の闘争がそれをもたらすだろう。そのときはじめて、強くなったクロレオン人が隔離から解放され、永遠の戦士カルマーの軍勢に対抗できるのか、明らかになる」

わたしの背中を冷たいものがはしった。ヴォルカイルの歌うような言葉が意味するのは、このロボット軍勢が……いまこの瞬間、惑星地下でさらに多くの戦闘マシンが生じているかもしれない……隠者の惑星の有機組織社会との戦いに出撃することにほかならないからだ！

この瞬間、ふたつの問いの答えはゆるぎないものになった。

意味のない戦いは阻止しなければならん。この戦いの結末は、惑星ホロコーストのシュプールから読みとれるものしかありえないのだ。

だが、いまのわたしにこの意図を実現する手段がないのも明らかだった！

数秒間、怒りと絶望がわたしのなかで吹き荒れた。やがて平常心をとりもどしたが、いやな感覚はのこっている。

「カルマーと話がしたい！」わたしは大声を出した。

ヴォルカイルは歌うような笑い声を発した。

「あなたは戦士のこぶしをつけている」愛の告白のようにメロディアスに応じる。「それ以上、なにを望むのか？」

「わたしがつけているのは手袋だ」わたしは強くいった。「きみは、これがなにを意味するのか知っている。カルマーを連れてきてもらいたい！　すぐにだ！」

エルファード人は一瞬、わたしのいったことが聞こえなかったか、理解できないそぶりを見せた。やがて返答したが、こんどはあまりメロディアスな調子ではない。

「あなたはこぶしをつけている」と、一本調子に、「だが、あなたには、いくつかの重要なことが未知であるようだ」

「それなら、それがきみの義務だ」わたしは即座に口をはさんだ。「そのあたりの背景を説明しろ」

「わたしにそのような義務はないが、話さずにおくつもりもない」ふたたび歌うように、「永遠の戦士はごくまれにしか姿をあらわさぬことを、知っておくべきだ。もしかしたら、わたしは一度会ったことがあるかもしれない。もしかしたら、だ、レジナルド・ブル！　あなたはこぶしをつけている。あなたはそれを自由意志で受けとり、自由意志で自分のものにした。それだけがあなたを物語るものであり、あなたに最後の闘争をする意志があることをしめしている」

「このごたごたのなかで、わたしの地位を無視することは許されないだろう」わたしは自分の立ち位置をましなものにしようとした。

「あなたの地位ではない。戦士のこぶしの地位だ」エルファード人が訂正する。「それを保持する者は、最後の闘争への大いなる義務をみずからすすんで引き受けるのだ」

「わたしの考えでは、最後の闘争はまったくの愚行だ」わたしは氷のように冷たく応じた。

「わたしにはずっとわかっていた」ヴォルカイルが歌うように、「あなたにこの背景は理解できないと」

「どんな背景なんだ、戦士の従者？」

「わたしが知るはずもない」鎧の者はいきりたった。「わたしは最後の闘争における自分の役割をはたし、あなたはあなたの役割をはたす。そのほかのことに関心はない」

この者から筋の通った話を聞きだすのがどれほどむずかしいか、わたしは理解した。「カルマーには莫大な数の補助者がいる」ヴォルカイルはそしらぬ顔でつづけた。「したがって、ことの起きているあらゆる場所に行かずともいいし、行こうとしないのだ。その必要もないから。かれにはエルファード人がいる。こぶしをつけたあなたがいる。さらに、かれのつとめへの尽力を許される栄誉を受けた、べつの臣下たちがいる。戦士が注目したあらゆる惑星に、商人、役者、交渉人、物売り、伝道師、そのほかさまざまな者がいて、つねにかれのために働いているのだ。あなたのような変わり者が徴用されても、不思議ではない」

「変わり者だと！」わたしはとっさに応じた。「きみがその金属の鎧から出てきたら、尻をぶったたいてやるぞ」

「それは不可能に近かろう」ヴォルカイルは平然とさえずるように、「ご存じのとおり、わたしはエルファード人。わたしの任務は作戦であり戦闘だ。あなたは自分の任務がなにかわからないようだが、それは心配無用。ふさわしいときにみずから感じとるか、聞かされるか、するだろうから。カルマーがやみくもに行動することはない。あなたがかれに仕えるようになったときの記憶は、いずれあなたのなかで目ざめるはず」

わたしはうめいた。ここで当然とされていることが根本的に間違っている、あるいは、すくなくともヴォルカイルがとんでもなく不当な見方をしていることを、またしてもこの言葉が証明したからだ。このエルファード人にまともな話をさせられる見こみは、いまいましいほど低かった。

地下ホールの転換プロセスは終わっていた。ロボット軍勢がフォーメーションを組み、巨大な分子破壊銃を持った飛翔部隊が天井をビームで破壊して、地表への道を切りひらきはじめた。わたしとエルファード人が通ってきた道は、無数の戦闘マシンが急いで移動するにはせますぎるのだろう。

「きみはわたしの、戦士のこぶしの保持者という地位は認めるのか？」わたしは鎧の者にたずねた。

「もちろんだ」驚いたことに、そう聞こえた。「あなたの地位にはなんの疑問もない。ある意味、あなたはわたしの上司ですらある。最後の闘争がはじまれば、あらゆる意味でそうなるだろう」

「わたしはきみの上司か」わたしはもう一度かまをかけようとした。「きみはどこからきたのだ、ヴォルカイル？」

格子つきヘルメットの奥で、グリーンの光がとまどったようにまたたく。

「クロレオンだ」うやうやしげにフルートのような調子で、「わたしが永遠の戦士の望むままに、ここで五千年間眠っていたことを知らないのか？　武器保持者は……エルファード人はすべてそうだが……最後の闘争がはじまるまでは休息している」

「最後の闘争がはじまれば、カルマー自身があらわれるのか？」

ヴォルカイルはメロドラマのオープニングめいた一連の音を発した。

「最後の闘争はすでにはじまっている。あなたがここにいるのだから！」どういうやり方か知らないが、ひとつの口からふたつの音でさえずることに成功している。「あなたの宇宙船は隠者の惑星の上空にいる。戦士はクロレオン人に再生の最後のチャンスをあたえるべく、驚くべき戦力を動員した。植民惑星の艦隊は接近しつつある。かれらは最後の闘争で自分たちの役割をはたすだろう。わたしの任務は第一に、有機組織社会が不穏な抗体タイプを使ってあなたのヴィーロ宙航士をわずらわせぬよう、手をまわすこと。最後の闘争には秩序が必要だ。むやみな騒乱は戦士が認めぬ。戦士の目的は堅固だから」

カルマーはあらわれるのか、というわたしの問いに、エルファード人は答えなかった。重ねて訊いても意味はないだろう。ならば、こちらからぶちまけるまで！

「よく聞け、ヴォルカイル！」わたしははっきりといった。「わたしはきみが〝戦士のこぶし〟と呼ぶ手袋をつけている。きみはわたしの地位の背景を知っている。だからいっておくが、わたしはきみが最後の闘争と呼んでいるばかげた戦いを阻止するために、すべてを、いいか、すべてをかけるつもりでいる。無数の知性体の死をもたらすだけの愚行など、許すわけにはいかんのだ！」

すっかりいってしまうと、わたしは気分がよくなった。

「最後の闘争が終われば、あなたにもそんな冗談をいう時間ができよう」ヴォルカイルは平然と歌うように応じた。「戦士のこぶしの保持者よ、いまはそのような場合ではないのだ」

分子破壊銃が岩に切りひらいた大きな開口部を通って、戦闘マシンの群れが浮上していった。

わたしはストーカーを、パーミットを、カルマーをいまいましく思った。そしてもちろん、ヴォルカイルという名の、この生物のことも。

4

ヴァティンは驚き、同時に落胆した。《クォーターデッキ》という未知船からとどいた女声に魅了されたのだが、声の主は、両親がペットとして飼っているクッツィよりもはるかにちいさい生物だったのだ。そうとわかって、驚嘆をかくしきれずにいた。大きなほうの異人は、ライナー・ディクだと自己紹介をした。生物学者で、ヴィールス・ゴンドラ整備士で、《クォーターデッキ》の船長のようなものだという。こちらのほうには圧倒されたが、混乱もさせられた。

上級監視員は、自分にはやや荷が重すぎると思ったが、それを表には出さなかった。リリングジョーク准提督から、この任務を成功させよと指示されたのだ。そうするつもりだった。つまるところ、かれはシクラウンの兵士で、ブルーの防衛隊の一員なのだから！

自分より頭ひとつぶん背の高い異人にヴァティンはとまどった。相手は防護用の装備、つまり宇宙服を身につけている。クロレオン人が訓練中やその後に目にするものすべてよりもすぐれていると、ひと目でわかった。それが示唆するのは、この二名がこちらをはるかにしのぐ技術力を有しているということ。クロレオン語を理解して使えるようになるまでの時間がごくわずかであったことも、それを裏づけている。

ヴァティンに理解できなかったのは、ディクが宇宙服の〝上に〟はおっているブルーのバスローブである。この衣服は無意味だと思った。ポケットに、好感の持てる声の主であるちいさな生物がいることを見落としていたから。

《エクセ二三》のカラー船長もやはり圧倒されたようだ。あるいはなにも理解できなかったのかもしれない。ことに、ジジ・フッゼルとライナー・ディクが挨拶をしたさいのくだけた口調は、かれの理解をこえていたようすである。異人の胸の小型装置が……ジジのそれはほとんどわからなかったが、ディクのものはよく見えた……小声で話された言葉を完璧なクロレオン語に訳している。

「ここはほんとうに大騒動だね」と、ディク。「キャプテンが……船載コンピュータのようなものだが……半分の卵が三千個あると計測して、きみたちがスタートするところだと結論づけた。われわれ、野次馬になるつもりはないんだ。研究に貢献するという、ほんとうに平和的な意図のもとに行動しているから。でも、これがなにを意味しているのか教えてほしい、ヴァティン！　もしもじゃまなら、われわれ、立ち去るから」

上級監視員は反応するまでに数回の呼吸を要した。そのとき、ディクのブルーのバスローブのポケットにいるちいさな生物が好ましい声を響かせる。「わたしたちがシクラウンにきたのは、希少な植物について知るためよ。コマンザタラというの」

「拘束するぞ！」カラーがどなった。「いまは戦争の最中なのだ。われわれが五千年かけて準備してきた戦争の。最後の闘争が目前に迫っている。永遠の戦士がラッパを吹き鳴らしたのだ」

「悪く思わないでほしいんだけど、千の目を持つきみ」ライナー・デイクが《エクセ二三》の船長の肩に片腕をのせた。「闘争だの戦闘だのについては、なにも聞きたくないんだ。もし、軍の圧政なしで育つチャンスがきみの心にあったなら、わたしみたいに考えて話すはずだ」

「ヴァティンはわたしの提案にしたがうだろう！」伝令船の船長は興奮して叫んだ。

「クロレオン流の軍国主義者ね」ジジ・フッゼルが拡声装置の出力をさげて、トランスレーターが反応できるぎりぎりの音量にした。トランスレーターが自動的に彼女のちいさな声に合わせる。「遠い宇宙からの訪問者をこんなふうに歓迎するものかしら？」

カラーが助けをもとめるようにヴァティンを見る。いまはリリングジョーク准提督の指示で、ヴァティンの配下にいるわけだから。上級監視員は反応しなかった。

デイクのバスローブの左ポケットから、不可視の力にあやつられるかのように、ちいさなバスタブ形をしたグレイの地味な物体が滑りだしてきた。それは右のポケットをめざして進む。着いたところで、ジジ・フッゼルが物体に跳びこんだ。好ましい声のちいさな異人の手はなにもしていない。物体はひとりでに飛んでいる。

ヴァティンの三十六個の目がふくれあがった。いま、かれの理解をこえることが起きたのである。たたきこまれた義務感と自分自身の考えとのあいだで葛藤が起き、それがふたたび思考の前面にあらわれる。

「これはわたしのヴィールス・ゴンドラなの」ちいさな女性が説明した。「巨人の世界で生きなければならない通常の成人のための補助用具よ」

彼女は上級監視員の前で飛んでみせた。

「このばかな話をなんとかしてくれ、ヴァティン！」《エクセ二三》の船長が叫ぶ。

「あるいはわたしが……」

「なにもしないでほしい」ヴァティンは泰然といった。かれは、極端に大きさの違う異人二名がはなつ名状しがたいオーラに力をもらったのだ。このふたりは理解しあっている！ ブルーのバスローブをまとった男と、ヴィールス・ゴンドラ……それがなんであるにせよ……のなかの、ちいさな女。「しかし、わたしのいうことはやってもらいたい、カラー船長。わたしは意図的に、あなたやシクラウンのブルーの防衛隊の者が使う口調とは違う話し方をしている。どうか、あなたの《エクセ二三》にもどり、ドッキングしていただきたい。軍国主義のその口は閉じたままで！」

「命令にはしたがう！」シクラウン人は型どおりの返事をした。「責任者はきみだからな、ヴァティン。わたしではない。よくわかっていると思うが、わたしはきみの過失をふくめたそれなりの報告書を書くことになるぞ？」

「出ていってくれ！」と、ヴァティン。

「わたしたちは、あなたがたにもめごとを起こさせるつもりじゃなかったの」ジジの声はヴァティンのありったけの苦悩をやわらげてくれた。だれかが真実だけを語っていると感じられるのは、すばらしいことだ。そのだれかは……この場合には彼女だが……ほんとうに考えていることだけを話している。

カラーは頭をあげて、傲然とドッキング室に向かった。

「きみにたのみがある、ヴァティン」と、ライナー・デイク。「《クォーターデッキ》にきてほしいんだ。そこにコマンザタラという名前の一植物があって、なにかを探しているらしい。われわれは植物を助けたいと思っている。コマンザタラがかつてシクラウンにいたことはわかっているんだ。そのほか、サンス＝クロル、ペルペティン、ヴィリヤンドクにも……」

「それよりも」上級監視員は見知らぬ遠方からの訪問者の言葉をさえぎった。「まず、わたしの話を聞いてもらえるだろうか？」

ライナー・デイクはすぐに黙り、クロレオン人にもわかるほど申しわけなさそうな顔をした。ジジがいう。

「もちろんよ、ヴァティン。無作法でごめんなさい。わたしたちはコマンザタラを助けたいだけなの。その植物は、宇宙でいちばん孤独な被造物なのよ」

「ときにわたしは、自分こそがもっとも孤独な生物なのだと思うことがある」と、クロレオン人。

デイクと好ましい声のちいさな女が黙ると、かれは説明をはじめた。

永遠の戦士カルマーの〝名誉法典〟について、シクラウンについて、かれが学んだはるか昔の出来ごとについて。シクラウンの軍事政権は発表しているよりも多くのことを知っており、それをかれの教師が見ぬいていたこと。クロレオンやカルマーについて、植民惑星の技術的進歩の停滞について、クロレオンの有機組織社会に対する嫌悪について。ヴァティン自身の葛藤について、いつかタルシカーや黒のスパルツァーのように光り輝きたいという自分の望みについて。

テラナーと、かれのパートナーの女シガ星人は、徐々に理解できてきた。永遠の戦士の艦隊というのは、レジナルド・ブルがエスタルトゥに向かわせたヴィールス船複合体のことだろう。だが、そのためにふたりの研究意欲がそがれることはない。何百年もペリー・ローダンのそばにいた豪勇の士ブルなら、うまく切りぬけられるはずだ。

ヴァティンが急におちつかないようすになった。

「《エクセ二二三》が飛び去った」と、押し殺したように、「わたしは《レフラート》で任務をはたすチャンスを逃したのだ。

「破滅なんてありえないわ」と、ジジ。カラーはわたしを破滅させるだろう」

して、あなたは望んでいない。わたしたちもよ。植民地クロレオン人の旗艦は《シクラント》だと、キャプテンがいっていたわ。キャプテンは賢明な上位のヴィールスで、あなたたちの通信を傍受し、のっぽさんとわたしに情報を伝えてくれたの。キャプテンがいうには、《シクラント》で操縦士が一名たりないそうよ。着任しなかったらしくて。あなたが行けば、あなたがたの提督はよろこぶんじゃないかしら」

「夢だ！　それは夢だ！」ヴァティンははねつけた。

「わたしがその夢をかなえてあげる」ヴィールス・ゴンドラのなかのちいさな女はいいはった。「でも教えて、コマンザタラがシクラウンのどこにいたのか。あの女性植物の謎を解くために、できるだけ協力してほしいの」

「コマンザタラという名前の植物は知らない」ヴァティンは打ちひしがれて返事をした。その声が急に変わり、「だが、約束しよう。わたしを《レフラート》に連れていってくれれば、あなたがたの研究意欲を満たすために、あらゆることをする」

「《シクラント》に、だな」青いバスローブの男が答えた。

ヴァティンはなにもいわなかった。

カラーと、その捨てぜりふにあった予告のことを考えていたのだ。

上級監視員は恐怖を感じていた。失敗したのはわかっている。リリングジョーク准提督の信頼にこたえられなかった。カラーを怒らせ、自分を破滅させるように追いこんでしまった。墓穴を掘ったのだ。

この二名の異人に、それだけの価値があったのだろうか？

最後の闘争で提督として戦えたらと願っていた夢は、どこに行った？

「一度コマンザタラを見てほしいの」と、ジジ。「あなたの艦隊まで、わたしたちが連れていってあげる。《レフラート》でも、《シクラント》でも。あなたがコマンザタラを見なくても、そうするわ。強制はしない。わたしたちはなにも要求しないから」

ヴァティンは同意のしぐさをした。なにに見舞われているのか、なにに狼狽《ろうばい》させられているのか、まだ理解できなかった。思考が混乱して飛びまわっている。戦士、Xデー、自分抜きでスタートする艦隊、リリングジョークにあたえられた任務、クロレオンについて提督の発表よりも多くのことを知っていた老教師、《エクセ二三》とカラー船長、二名の異人。冷静なのっぽと、安心感があり誠実な、すばらしい声のちいさな女性。

かれらはいっしょに《クォーターデッキ》へと向かった。ヴァティンは無言のまま、ヴィールス船と不可視の自動装置の数々に驚嘆した。

ジジ・フッゼルはヴィールス・ゴンドラに乗って空中を進み、コマンザタラのいるキャビンに入った。デイクとクロレオン人がそれにつづく。

座標にあった惑星の土が入った植木鉢は、もとの場所にあった。土にいくつかくぼみがある。だが、それだけだ。

テラの生物学者はなにもいわなかった。ジジのヴィールス・ゴンドラが揺らぎはじめる。彼女の思考は、ちいさな乗り物を制御するどころではなくなっていたから。

コマンザタラがいない！

＊

「言葉はよく聞こえている。ただ、信じられない」ホーマー・G・アダムスの特命を受けたハンザ・スペシャリスト、ドラン・メインスターが、アギド・ヴェンドルをにらむように見た。たったいま《エクスプローラー》のプシカムで聞いた話に、メインスターの頬は紅潮し、目はぎらついている。

大艦隊が隠者の惑星に接近中だというのは、数時間前からわかっていた。だが、ヴィールス船団はこれといった対策はしなかった。脅威になるとは思えなかったから。

それがいま、未知艦隊の旗艦から通信がとどいたのだ！　またしてもヴィーロ宙航士たちは反応できず、情報の意味さえ理解できなかった。太陽系をスタートしてから状況は破滅に向かういっぽうである。すくなくともドラン・メインスターはそう考えていて、かれの妻アギド・ヴェンドルも、この点では無条件に同意していた。

メインスターは、最近になって真の使命がほかのヴィーロ宙航士に知れわたったハンザ・スペシャリスト四名のリーダーとみなされている。二十九歳のこの男は短軀《たんく》で小太りだが、敏捷《びんしょう》で力強かった。地味な印象をあたえるが、これが人の目をあざむくにはうってつけなのだ。多くのテラナーがかれを避けるのは、傲慢さと支配欲をまきちらしているためである。

アギド・ヴェンドルは、数年前からメインスターの同僚として働くだけではなく、いっしょに暮らしてもいた。彼女はメインスターのまったく違う面を知っている。生態学者の男と、赤い髪の女経済学者は、似合いのパートナーであった。

妻のほうも人目を引くタイプではない。みじかい髪と青白い顔のために、実際よりもはるかに年上に見えた。だが、彼女は二十六歳なのだ。

この二名にミランドラ・カインズとコロフォン・バイタルギューをくわえた四名は、ここでは宇宙ハンザの利益を代表している。その理由から、カインズとバイタルギューは第一陣のヴィーロ宙航士とともに隠者の惑星へと飛び、いまもそこにいるのだった。

かれらはここ数週間、ヴィールス船に規則ずくの秩序を導入しようと、あるいは指揮権さえも奪取しようと努力してきたが、またしても失敗に終わった。成功をおさめることはできなかった。

だからこそ、タルシカー提督が通信のなかで口にした要請にメインスターとヴェンドルは注目した。自分たちの目的を達するチャンスだと思えたのだ。

「われわれ、行動しなければならないな、アギド」と、メインスター。女経済学者はうなずいた。

ふたりは《エクスプローラー》の司令室に向かった。まずそこで、クロレオン人提督のメッセージにほかの者がどう反応したのか、たしかめたかったのだ。レジナルド・ブルとストロンカー・キーンはまだ隠者の惑星にいる。したがって、ここにリーダーにふさわしい者はいない。ラヴォリーはべつだが、彼女はいま席をはずしていた。そのおかげでメインスターとヴェンドルは、ヴィーに仲介をさせて、なんの問題もなく旗艦《シクラント》やタルシカー提督とのハイパー通信をつなぐことができたのだった。

「わたしが提督と話しているあいだに、クロレオン艦隊についてより多くの情報を入手できるよう、努力してくれ」メインスターがヴィールス船にもとめる。

心地よく響く低い声が命令の受領を確認した。

提督が通信に応じると、ドラン・メインスターはすぐに自分が優先したい話題を切りだした。

「われわれ、きみのメッセージを受信した、提督」と、かたくるしく、「そちらの申し出は了承した。ほかになにか質問は？」

「ひとつだけだ、異人よ」と、クロレオン人。「戦士カルマーはどこにおられる？　われわれ、最後の闘争でかれの戦力となるためにきたのだ」

メインスターはこの問いに困惑した。そう問われるなど予想もしていなかったから。だが、いったん手に入れたリーダーの地位をたしかなものとするため、すぐに返答するよう自分に強いた。電光石火で考え、説明する。

「カルマーは隠者の惑星にいる。われわれ、きみたちがクロレオンと呼んでいる惑星をそう名づけたのだ。エネルギー・バリアは解除された。カルマーは惑星住民とその有機組織文明におびやかされている。つまり、提督、きみの決断は正しかったということ」

「植民惑星連合艦隊の全指揮官の名において宣言する」タルシカーが応じた。「われわれ、戦士の前でわれらが連合艦隊の戦力をデモンストレーションさせていただく」

「まだ機は熟していない」ドラン・メインスターは相手をなだめようとした。戦意をたぎらせたこのクロレオン人は、ほうっておけば、やみくもに戦闘に突入しそうな気がしたから。「こちらからまた連絡する」

返事を待たずに、メインスターは通信を切った。

「これで正しかったのかしら？」ヴェンドルがたずねる。

「手段を選ぶのに、上品ぶってはいられないからな」メインスターのふっくらした頬が興奮で紅潮した。「わたしにとっては、役にたてばすべて正しい。それはブルも身にしみて感じるだろうさ。ヴィーは艦隊についてなにか情報を手に入れたか？」

「戦闘艦三千隻」アギド・ヴェンドルは見くだすようにほほえんだ。「そうそうたる数ね。でも深刻な脅威ではないわ。全長二百メートルの小型艦が大半よ。ただし、艦尾の直径四百メートル、高さ五百メートルの大型艦もあるけれど。通常エンジンは原子力で作動し、超光速航行には一種の遷移エンジンが使われる。目を引くのは、植民地クロレオン人は転送機を知らないらしいこと。とにかく、長めに観察していても、転送はただの一度も計測されなかった。われわれにくらべたら、兵装は攻撃用も防衛用も、とるにたりないレベルにとどまっている」

「それはわたしの予想と一致するな」メインスターは満足げに、「かれらを巻きこみ、われわれの目的に貢献してもらうとしよう」

5

巨大地下ホールは、いまやヴォルカイルとかれの装甲車とわたしのほか、戦闘マシンのみとなった。ヴォルカイルは、ホールが空になるまで待つことなく、自分の車輛にもどる。その直後、わたしはふたたび不可視なものにつかまれるのを感じ、ひと呼吸するうちに、棘が生えたエルファード人の車輛にほうりこまれていた。操縦室の隣りのちいさな空間に着地。細い開口部ごしにヴォルカイルがちらりと見えた。わたしの数メートル前にすわっている。

わたしに見える範囲はかぎられていたが、ハリネズミ装甲車が動きだしたのはまちがいなかった。長さ四十メートルの車輛は、地表への道が開けるのを待つロボット部隊の列のあいだを抜けて、ゆっくりと前進している。戦闘マシンは、エルファード人やハリネズミ装甲車のことはまったく意に介していない。

ヴォルカイルは車輛を加速させた。どの道をたどるべきか正確に知っているようだ。わたしの方向感覚から察せられるのは、われわれが大ホールに入ってきた場所からはなれているということ。つまり、すくなくともあとひとつは出入口があるのだろう。装甲車がはじめて宙に浮いた。反重力フィールドに乗って高みに向かう。ヴォルカイルのわきに目をやると、大ホールの半分ほどの高さに黒い穴が見えた。エルファード人はそこをめざしている。

数秒後、暗闇につつまれた。だが、外被をなでる風切り音がますます大きくなるので、ハリネズミ装甲車が加速しているとわかる。ヴォルカイルは歌うような声を発しているものの、理解できる言葉は聞きとれなかった。一連の出来ごとに陶酔しきっているのだろう。悪い予感がふくれあがる。陶酔した戦士というのは、冷酷な論理にもとづいて戦争をしようとする者よりも手に負えないからだ。

前方がふたたび明るくなった。轟音をたてる装置が作動して、ハリネズミ装甲車は停止。わたしの横で壁の一部が透明になる。

直径百メートルほどの真円のトンネルがななめ上に向かっていた。トンネル壁の一部はまだ赤熱《せきねつ》し、粗削《あらけず》りでごつごつしている。なにかがはじけ飛ぶ音が上から聞こえた。その音は聞きおぼえがある。なにが起きているのか想像がついた。戦闘マシンが分子破壊銃で惑星の地殻に穴を穿《うが》ち、後続の戦闘ロボットのために道を切りひらいているのだ。

わたしの推測は、いくらもたたぬうちに裏づけられた。下方にマシンの最初の一団が出現。厳格に統制された部隊である。

ひどく長い火砲を携えた飛翔ロボットの小規模部隊に、重火器やグライダーを乗せた巨大プラットフォームがつづく。グライダーには複数の球形ロボットが乗りこんでいた。

マシンはこんどもやはり、ヴォルカイルや、巨大なトンネルのはしにとまったハリネズミ装甲車には目もくれなかった。

「すべてが戦士の計画どおりに進行している」エルファード人が歌うようによろこびの声をあげた。「急がなければ。〝戦争意識〟があやまった道を歩んでいるから」

わたしはヴォルカイルにいくつも問いを発したが、返事はなかった。そこで、またしても推測にたよった。

隠者の惑星のクロレオン人の有機組織社会について一部しか知らぬとはいえ、イメージを思い描けるだけの知識はある。

クロレオン人は、とくに知性の高い脳細胞三名……脳ドルーネネン、脳ハーディニン、脳ヴルネネンから構成される〝意識の三人組〟にひきいられていた。脳ハーディニンが慎重で賢明であるのに対し、脳ヴルネネンは冷静な実務家だ。しかし、脳ドルーネネンは予測のつかない激情家だった。

ところが数日前、戦争意識が生みだされたのだ。戦争意識は抗体たちを掌握《しょうあく》し、有機組織社会の実権を握ったらしい。

激しやすい戦争意識は、有機組織社会の抗体タイプを容赦なく戦いに投入するだろう。

それが最後の闘争なのかどうかは、いまにわかるはずだ。とにかく、エルファード人はこの展開が気にいらないらしい。とはいえそれは矛盾している。かれは最後の闘争にすべてのエネルギーを注《そそ》いでいるのだから。

ハリネズミ装甲車はふたたび細い道を通って上に向かった。

「植民地クロレオン人の全艦隊が到着している」エルファード人がよろこびをこめて歌うようにいった。だが、相《あ》いかわらずわたしの問いには反応しない。

わたしは〝おとめ座の門〟星系の出来ごとのイメージをつかもうとした。

まずは、わがヴィールス船複合体のことだ。これまでに出くわしたすべての知性体は、あれを戦士カルマーの艦隊だと考えたようだった。ヴィールス船団は断じてそんなものではないし、そうなることもないが、それはまたべつの話である。

さらに、隠者の惑星には戦争意識の指揮のもと、クロレオンの有機組織社会の抗体タイプが存在する。かれらは好戦的で手かげんを知らない。原クロレオン人の主力部隊だったのだろう。軽視できない危険因子だ。かれらは、戦争意識にあやつられているだけでなく、五千年前、カルマーが〝おとめ座の門〟星系の五惑星を破壊したのち、一方通行のエネルギー・バリアを張ったときの遺物でもあるのだろう。

あの障壁はもはや存在しない。クロレオン人には……ヴィールス船にも……外への道が開けた。

それはべつとしても、まだ惑星にとどまっているストロンカー・キーンやヴィーロ宙航士たちにとって、この抗体タイプは危険だった。

そこへ、詳細がさっぱりわからない植民地クロレオン人という第三の権力ファクターが出現した。ヴォルカイルは三千隻の戦闘艦とかいうことを、歌うように口にしていた。わたしには未知の方法で、宇宙空間の出来ごとの正確な情報を手に入れているようだ。ところがわたしは、かれのとぼしい言葉と、わたしの問いへのごくまれな返答をたのみとするしかないのだ。

だが、ついに腑に落ちた。植民地クロレオン人もまた、有機組織社会のさまざまなタイプと同じく、最後の闘争を望むという不吉な衝動に駆られているのだ。これがなにを意味するのかは、明白である。

ヴィールス船団はふたつの前線のあいだに入りこんでしまうということ。隠者の惑星では抗体を引き連れた戦争意識が待ちかまえている。いっぽうの宇宙空間では、三千隻の艦隊が攻撃フォーメーションをとりつつある。

開戦に突き進むこの戦争の第四のファクターを知るのは、いまのところわたしだけである。隠者の惑星の地下から地表へと迫るロボット軍勢だ。その戦力を判断するのは、植民惑星の艦隊を評価するよりもむずかしい。わたしは、あの戦闘マシンは自動的にクロレオン人の敵になるという前提に立っていた。最後の闘争で、クロレオン人は戦士カルマーの戦力と対峙し、防衛することになるのだから。

力の重心が四つ、と、わたしは考えた。そして、必然的に驚くべき結論に達した。いまの情勢では、わがヴィーロ宙航士たちは自動的にロボット軍勢の同盟者になってしまう！

いやな予感がますますふくれあがった。もちろんヴィールス船内のギャラクティカーたちは、ここのどんな戦闘にも巻きこまれるつもりはない。ヴィールス船は、このような状況を切りぬけられるほぼ完璧な兵器をそなえている。乗員のメンタリティはまったく戦闘に向いておらず、ほかのことを志向しているのだ。だが、考えているのは平和的にエスタルトゥを漫遊することばかり。意味のない目的のために武力を投入するなど、考えもしていないのだ。

絶え間なく抗体タイプを生みだす秘密のクローン工場が隠者の惑星でいくつ操業しているのか、わたしにはわからなかった。キーンとわたしがこれまでに受けた印象からは、悪い予感をおぼえるばかりである。

ついにヴォルカイルのハリネズミ装甲車が地表に達した。ふたたび車輛の一部が透明になる。

「戦争意識は正気を失った！」エルファード人が歌うようにいう。

その頭は、装甲車に生えた棘のあいだの穴から外に出ている。わたしよりも多くのことが見えているのだろう。だがわたしには、いま見えているもので充分であった。

前方にひろい谷があり、地平線までつづいている。ここが正確には隠者の惑星のどこなのか、わたしにはわからない。ハリネズミ装甲車は藪が生えた低い丘の上に停止していた。攻撃的な植物が、車輛をとりかこもうとするかのように動いた。けばけばしい色の花が貪欲にかたむき、しゅっと音をたてて液体を萼《がく》からまきちらしている。酸か、その類いのものだろう。

ヴォルカイルは植物にかまうことなく、ひろい谷に集中している。わたしもそうだ。そこには抗体タイプの姿がうようよしていた。その一団を見わけるのは造作もない。かれらは文字どおり歯にいたるまで武装していた。隠者の惑星のかくされた武器庫がすべての扉を開いたのだ。

だが、抗体タイプはヴォルカイルにもハリネズミ装甲車にも気がつかなかった。この車輛はうまくカムフラージュされているのだろう。あるいはべつの、説明がつかぬ防御装置があるのか。

不可視の力がわたしをつかんだ。今回は慎重といえそうな気配で居場所から持ちあげられ、操縦室のエルファード人の隣りにおろされた。

「あのちいさなドームが見えるか?」ヴォルカイルがわたしにたずねて、指のない鋼の腕で谷をさししめした。「まわりに抗体が群がっている」

「見える。あれに特別な意味があるのか？」

「意味？」ヴォルカイルはわたしの言葉が理解できないようだ。「あそこから、あなたが地下で組みあがるさまを目撃したロボット軍勢が出てくるのだ。まもなくあらわれるだろう」

「あれは意味のない殺戮をもたらすぞ、ヴォルカイル」わたしはこの言葉にありったけの嫌悪をこめた。「まともなことをしたければ、この戦闘をとめろ。戦士のこぶしにかけて！」

わたしは決闘の手袋を、格子でかくれたヴォルカイルの顔の前にかかげた。だが、相手はまったく反応しない。

谷のなか、エルファード人のさししめした場所で、にわかに蒸気があがった。

「くるぞ」ヴォルカイルは満足しているようす。わたしは満足などもってのほかという気分である。「戦争意識は頭に血がのぼってあやまった行動に出ている。パレードと戦争をとりちがえているのだ」

それはまたどういう意味だ？

抗体タイプのクロレオン人があらゆる方向に走っていく。多くは飛翔装置を使い、飛翔できない者を連れている。地面から蒸気があがった場所には、即座にだれもいなくなった。

これもわたしには理解できなかった。分子破壊銃で後続の軍勢のために道を切りひらいているロボットにとって、いっきに突破し、同時に敵の多くを排除するのはたやすいことのはずだ。

抗体は直径百メートル以上ある穴の縁に位置をとった。銃を射撃態勢にかまえている。その上空に飛翔部隊がつき、予備隊は最前線の後方で整列している。

やがて、地下から戦闘マシンの最初の一団があらわれた。家ほども大きい装置を四つ押している。それに向かって抗体が砲火を開くと、金属塊のような装置は揺らめくエネルギー・バリアにつつまれた。数秒後、金属塊のまわりにロボットが群がる。武器を携えているが、攻撃者には目もくれず、四つの塊りを穴から四方へと移動させることに集中している。立ち向かう抗体は、ロボットの個体バリアによってわきに押しやられた。

長考せずとも、わたしにはわかった。ヴォルカイルが流血の戦闘を避けたがっているのは明らか。ロボットの行動を采配しているのはかれ以外に考えられない。エルファード人は黙ってわたしの横にすわっていたが、ことの経緯は詳細に追っているようだ。ハリネズミ装甲車のどの装置で指示を出したり報告を受けたりしているのか、わからなかったが。

ロボットはついに目的を達した。揺らめく防御バリアにつつまれた装置四つが正確に十字形をつくってならぶ。バリアのエネルギー壁が拡大し、抗体タイプをそっと、だが断固として穴から遠ざけた。やがて四つのバリアが触れあい、ひとつになる。

エネルギーのおおいが穴の上にかかった。そこではじめて軍勢があふれでてくる。軍勢はますます大きくなるエネルギー・ドームを満たしていき、抗体はあらゆる方向に追いはらわれた。

抗体たちの反応はいまや一貫性を失っていた。手のつけようのない混乱が生じている。グライダーと飛翔ロボットが衝突し、爆発がつづいた。理性を失った抗体のせいなのか、どこか遠くから兵士をあやつる戦争意識のせいなのか、わたしにはわからなかった。

「指令がきた!」ヴォルカイルがにわかに歓声をあげる。

抗体の反応から、かれがなにをいわんとしたのかわかった。抗体が逃走をはじめたのだ。地下からきたロボット軍勢は追尾しない。地面の穴からさらにあふれでてきて、隊列を組んでいる。この流れはまだ完結しないようだ。

わたしは安堵の息をついた。最悪の事態が現実になることはなく、予想された大量殺戮は避けられたから。もしかしたら……わたしはそう願っているのだが……ヴォルカイルは自分でいうほど好戦的ではないのかもしれない。

「最後の闘争を見すえた、いい解決法だな」わたしはほめた。「戦士のこぶしの保持者として、わたしは無意味な死はいっさい認めない」

「ここで起きていることは最後の闘争の末端にすぎない」棘の鎧の者が歌うように、

「あなたもいつか理解するだろう。あなたは遅れをとりもどす必要がある」

「それで、これからどうなる？」わたしはたずねた。

またしても返事はなかった。そのかわりに不可視の力がわたしをつかみ、もとのちいさな空間にうつした。その直後、車輛は高速で走行を開始。わたしがなにをいってもエルファード人は反応しなかった。

しばらくのあいだ、周囲のことはさっぱりわからなかった。そのあいだにストロンカー・キーンやほかのヴィーロ宙航士とセランでコンタクトをとろうとしたが、どうやってみても失敗に終わる。ハリネズミ装甲車はこの点でもほぼ完璧な牢獄だった。

がたがたという動きから考えるに、われわれ、とてつもない速度で移動しているようだ。ほとんど超音速だろう。独特の風切り音は車輛のなかまでは入ってこなかった。

装甲車がいきなり停止し、わたしは乱暴に鋼の壁にたたきつけられた。壁が透明になってエルファード人がふたたび見えた。頭を車輛の外に出している。

奥でグリーンのライトが光る格子つきヘルメットが、わたしを見た。

ぞっとする哄笑《こうしょう》が響き、徐々にヴォルカイルのおなじみの歌に変わっていく。そうしながら、エルファード人はうまいものを味わうかのようにぴちゃぴちゃと低い音をたてた。

「永遠の戦士カルマーの名誉法典にかけて！」と、よろこんでいる。「これは予想していなかった。楽しくなるだろう！」

「楽しくなる？」わたしは憤然といった。「きみは、ここに集められたものすべてを使って、たちの悪いいたちごっこをしかけているように見えるんだが？」

それにつづいた哄笑を聞いて、わたしはさらに背筋が寒くなった。

「あなたも聞けばよかったのだ」エルファード人は意気揚々と、「植民惑星艦隊の提督たちのメッセージを。じつにすばらしかった。わたしは、戦士カルマーが最後の闘争を見るためにじきじきにあらわれるよう、願ってさえいる」

「やっと、すこしははっきりとものをいったな」わたしは大声を出した。だが、内心でつけくわえる。事態はますます見とおせなくなった、と。

挑発めいた哄笑の意味をたずねても、ヴォルカイルは返事をしない。しかし、わたしがハリネズミ装甲車の外を見るのはしぶしぶ認めた。

未知のタイプの宇宙船が十数隻見えた。それは高さ二百メートルほどの半球、いや、むしろ半分に切った卵だ。たいらな円形の面を下にして、隠者の惑星に着陸しようとしている。葉巻形の小型搭載艇を百隻ほど引き連れていた。

「あれはなんだ？」と、わたしはたずねた。

「植民惑星艦隊の先遣隊だ」この問いには、エルファード人は進んで答えた。

わたしはまわりを見た。だが、有機組織社会の抗体タイプも、ヴィーロ宙航士も、われわれの宇宙船も、見あたらなかった。

わたしは混乱しきっていた。〝おとめ座の門〟星系に到着してから経験した個々のシーンは、全体像がわからぬパズルのようだ。とはいえ、その全体像がなんと呼ばれているのかは知っている。〝最後の闘争〟だ。

この謎めいた出来ごとにおいて、まちがいなく重要なピースは、ストーカーのパーミットである。対立する感情の嵐のなかで、わたしは戦士のこぶしを握りしめた。

その奇妙な金属のさやをつけた左手をエルファード人に突きつけて、どなった。

「これがわたしの地位だ！　戦士の名誉法典がうしろ楯となる。わたしは戦士の代理人なのだから」

わたしはなにかを達成しようとしていた。だが、それがなにかは、さっぱりわからない。ヴォルカイルがわたしの要求に応じるとも思えなかった。かれの頑固さは充分に見せつけられている。

「なにがしたいのか？」と、歌うような声。不親切でもないような調子だ。

思っていたことが口から飛びだした。

「わたしはここから出たいのだ、ヴォルカイル！　仲間のもとにもどりたい！　無作法なエルファード人とともにそのへんを走りまわり、意味のない戦争の準備を見るなど、わたしの地位にはふさわしくない」

わたしは自分が望む反応を期待していたわけではない。だが鎧の者からもっとひどい目にあわされるとは、予想もしていなかった。

「いいとも！」ヴォルカイルがみじかく歌うように応じる。

わたしは驚きのあまり、自分の耳が信じられなかった。

その驚愕が完全なものになったのは、相手がこうつづけたときだ。

「了解した！　あなたのすべきことをして、炎の洗礼を受けるがいい！」

わたしを何度もハリネズミ装甲車から出し入れした不可視の力に、またしてもつかまれた。今回のあつかいは明らかに乱暴である。わたしはハリネズミ装甲車から文字どおりほうりだされ、惑星の地面に尻もちをついた。

わたしがまだ起きあがれもしないうちに、エルファード人の車輌は長い砂煙をのこして猛スピードで走り去った。

数秒後、ハリネズミ装甲車はわたしの視界から消えた。すぐ近くには、植民地クロレオン人の艦船と搭載艇が着陸している。

「裏切ったな！」わたしは憤然といって、逃げたヴォルカイルをこぶしで威嚇《いかく》した。

「悪質で狡猾ないたちごっこをたくらむ卑劣な裏切り者め！　いまに見せてやる。だれが勝つのか、そしてだれが負けるのか！」

6

ライナー・ディクは数分間、無言で立っていた。やがてブルーのバスローブをはげしくばたつかせ、憤然と叫ぶ。

「裏切りだ！　卑劣な裏切りだ！　マークスしかありえない。はじめからあの二名はあやしかった。たちの悪いゲームをしかけているんだ」

「それはないな」キャプテンが発言した。「きみたちが留守のあいだにだれかがこの居室かラボに入っていれば、わたしが気がついたはずだ」

「キャプテン！」テラナーは満足げに笑みを浮かべた。急にひらめいたのだ。「あんたはあらゆる場所にいるじゃないか、スーパーヴィールス！　教えてくれ、だれがコマンザタラを盗んだのか！」

「申しわけないが、わたしはなにも見なかったし、断定もできない」変更されたヴィシュナの声が、男らしいしわがれたバスをとどろかせた。「わたしはきみたちのプライヴェート空間にしじゅう顔を出すようなことはしないのだ。だが、きみたちのキャビンにだれも入らなかったことはわかっている。ここ数時間、きみたちふたりをのぞいて、このセクターにはだれもいなかったのだから」

「わたしたちと、ヴァティンをのぞいて、ね」と、ジジ・フッゼル。驚きから回復して、ヴィールス・ゴンドラを制御できるようになっていた。

「ヴァティンだって！」ディクが軽口めかして、「こんどはきみがおかしくなったのか、ちいさな魔女！　かれはわたしたちといっしょにきたんだ。だから疑いのかけようがないよ」

「あなたのいうとおりだけど、のっぽさん」シガ星人はすぐに折れた。「でもそれなら、だれなのかしら？」

クロレオン人は、なすすべもなくヴィーロ宙航士二名のあいだに立ち、まるきり理解できずにいた。かれは自分のおかれた状況を考えて、結論づける。失敗しえたことを、ことごとく大失敗に終わらせたのだと。

カラーは《エクセ二三》で去っていった。最後の闘争は自分抜きでおこなわれるにちがいない。シクラウンのブルーの防衛隊で輝かしく出世する夢も終わりだ。罰せられ、降格させられるだろう。

そのうえ、好ましい声のちいさな異人は、自分を非難しているようだ。

ヴァティンは打ちひしがれて近くの椅子にすわりこんだ。両手で頭を支え、運命に身をゆだねる。

「キャプテン」のっぽさんがそう話すのが聞こえた。テラナーのトランスレーターはまだすべての会話を伝えている。「この謎の答えを見つけてくれ」

「わたしには推測を口にすることしかできないのだが」《クォーターデッキ》の知性が応じる。「きみたちのセクターにはだれもいなかったのだから、女性植物が消えた原因になった者は、一名しかありえない」

「だれ？」デイクとかれのシガ星人パートナーが同時にいう。

「コマンザタラ自身だ」キャプテンはそういいはった。

「わけがわからないな」テラナーは耳をかさなかった。

だが、ジジ・フッゼルは歯のあいだから笛のような音を出した。

「そうかもしれないわ、のっぽさん！　そうかもしれない」興奮した声がおちつきをとりもどす。「わたしたち、コマンザタラについてなにを知っている？　なにも知らないわ。冷静に考えましょう。念のためにほかのヴィーロ宙航士にたずねてもいいけれど、これといった話は聞けないと思う。この件が違うふうに見えてきたの」

「わたしにはなにも見えないよ、ちいさな魔女。とくにコマンザタラの姿は」

「ばかなコメントはまたこんどにして、のろまなのっぽさん！」ジジはそっけなく、「コマンザタラがなにか秘密をかくしているのはわかっているでしょう。あの植物には目的があって、たぶんなにかを探していることも、突きとめたわ。それが彼女が消えたこととどうつながるのか、考えてみるの。どんな意味があるのか、解明するのよ」

「わたしには難題すぎるな」生物学者は白状した。ブルーのバスローブを肩にかけて居室にもどりはじめる。

ヴァティンは立ちあがってディクの行く手を阻《はば》んだ。

「失礼を許してほしいのだが」と、弱々しく、「なにかが起きたにちがいない。遠隔ステーションにもどらせてほしい。そこで戦争裁判に召喚されるのを待つことにしよう」

「そんなことはさせない、友よ」テラナーは断固として、「われわれ、きみにとんだ迷惑をかけてしまった。だから、後始末のときにもきみのそばにいよう。提督はわかってくれると思う。《シクラント》か《レフラート》に連れていって、きちんと説明するよ。きみはわれわれ異人に対してりっぱにふるまったし、それは賞讃されるべきだって」

「あなたはいくつか思い違いをしている」クロレオン人は慎重に、「わが種族の厳格な軍事体制を知らないのだ。カラーはわたしが不名誉なことをしたと喧伝《けんでん》しているはず」

「その埋めあわせはできるさ、友よ」ディクは自信たっぷりに微笑した。

「ほかにもまだある」ヴァティンは悲しげにいいかえした。「わたしは、あなたたちふたりは好感が持てると思っている。とくにジジは。だが、あなたたちが興味をしめすのは消えた植物だけで、いま起きている出来ごとには目もくれない。わたしはあなたたちに最後の闘争について話したはずだが」

「きみのいうとおりだよ」ディクは率直に認めた。「しかし、それについては、ほんとうに興味がないんだ」

「それは間違いというもの。あなたたちは戦士カルマーの部隊の一員だ。それはとっくにわかっていた。するとわれわれ、敵同士ということ。植民惑星艦隊はいまにもクロレオンに到着し、防衛戦がはじまるだろう。防衛隊がスタートしたのは、あなたたちがあらわれたからだ。最後の闘争は避けられない。五千年前にカルマーがそう語って望んだことは、だれにも変えられないのだ」

「間違っているのは、あなたよ」ジジはヴィールス・ゴンドラを上級監視員の顔の前まで飛ばした。「わたしたち、戦士カルマーの部隊じゃないわ。そんな戦士なんて知らないし、ばかばかしい戦争に巻きこまれるつもりもない。わたしたちがエスタルトゥにきたのは、奇蹟に満ちた力の集合体のことを、ストーカーことソト＝タル・ケルから聞かされたからよ。そこでなら個人的に生物学の研究ができると、信じたからだわ」

「いま聞いたのは、わたしの知らない言葉だ」ヴァティンは不安そうに、「エスタルトゥとはなんだ？　ソト＝タル・ケルとは？」

「あなたは知らないのね」シガ星人は満足そうにいいきった。「それが、わたしたちの見方が正しくて、残念ながらあなたが間違っているという、充分な証拠になるの。どんなめちゃくちゃな伝承をもとにしてあなたたちの軍事政権が築かれたのか、わたしには判断できない。でも、うまくいっているわけではなさそうね。自分たちを正しく評価できるだけの視座や能力がなかったのかもしれない」

ヴァティンはひと言も返事をしなかった。このちいさな女性の話には、ひどく説得力がある。

「ブルやほかのヴィーロ宙航士に、せめて警告するべきなんじゃないかな」と、ディク。

「すでにやっておいた」キャプテンが応じる。「それはわたしの任務のひとつだから。きみたちが自分のやりたいことに専念できるよう、わたしの判断で実行した」

「すばらしい」ライナー・ディクは拍手をした。「これで心配ごとがひとつ減った。では、きみのことだ、ヴァティン。いっしょにきてくれ。きみの艦隊に連れていこう。クロレオン人とヴィーロ宙航士とのあいだに戦闘など起きていないと、わかるはずだ」

「信じられない」上級監視員はあきらめたようにかぶりを振った。「戦士の名誉法典をくつがえすなど無理というもの。だからもう一度、お願いする。遠隔ステーションにもどらせてほしい」

「わたしが送っていくわ」ジジが申しでた。「そのあいだ、のっぽさんは消えたコマンザタラの面倒をみていて」

「え?」と、テラナー。「もういないものを、どうやって面倒みるんだい?」

「探すってことよ、のろまなのっぽさん」ジジがうめく。それからクロレオン人に声をかけた。「さ、ヴァティン！　あなたのステーションに連れていってあげる。わたしたちのところでは、だれにも強制はしないの」

「それはどういう意味なんだ、ジジ？」上級監視員は不安そうだ。

「とりあえず、わたしたちといっしょにくれば、もっとよくわかると思うわ。あなたの味方のところに連れていってあげる。そこでなにが起きているとしても」

「あなたの口からいわれると、ほんとうに信じられる気がする」ヴァティンは認めた。「いずれにせよ、わたしは窮地にあるのだから、その申し出を受け入れよう」

「おっと！」ライナー・ディクが気を悪くしたふりをする。「つまり、わたしの言葉は勘定に入らないわけだ」

「よけいなことをいわないで」ジジ・フッゼルが小言をいった。「あなたは《クォーターデッキ》のほうをお願い。わたしたち、何光年ぶんもとりかえさなくては」

「ちいさな魔女」と、テラナー。「きみのお願いは、わたしにとって命令なんだよ。でもそれなら、きみがコマンザタラを探してくれ」

かれらは遠隔ステーションにあるクロレオン人の個人装備をとりにいった。それから〝おとめ座の門〟星系付近に向かうべく、ヴィールス船がスタート。キャプテンの情報によれば、たったいま、その星系で植民惑星の防衛艦隊がヴィールス船団と遭遇したという。

《クォーターデッキ》のエネルプシ・エンジンが二十三光年弱を翔破するのに要する時間は、わずか数秒。デイクがキャプテンに特別に依頼して、理論的にはほぼ十億に達する最大限の超光速ファクターを使用させたから。

目的宙域に着くと、テラナーは船に指示してすべての通信・探知システムを作動させた。できるだけ早く周囲の状況を把握するためだ。

まもなく、続々と情報が入った。もちろんジジもヴァティンもそれを追っている。キャプテンはさらに、デイクの居室のまんなかにホロ・プロジェクションも生じさせた。ヴィールス船と植民惑星艦隊、惑星クロレオンすなわち隠者の惑星と至福のリング五本が、それぞれに異なる色でマーキングされている。《シクラント》と《レフラート》は特別なしるしでそれとわかった。

「戦闘は起きていない！」上級監視員は驚いて、「理解できない。連合艦隊はただちに攻撃するものと思っていた」

「きみたちの提督は気がついたのかもしれないな」テラの生物学者はのんきに、「巨大パズルみたいなヴィールス船団への攻撃は、そうかんたんにはいかないってね」

だが、提督の考えは違っていた。すっかり面くらったヴァティンがそれを知ったのは、数秒後だった。タルシカー提督が戦士カルマーの艦隊と思った相手に送った通信の原文を、キャプテンが探知結果と同時に表示したのだ。

《クォーターデッキ》にいるクロレオン人の持っていたすべてのイメージが、トランプの家のように崩れ去った。

もはや世界が理解できない。

ジジ・フッゼルとライナー・ディクのほうは、にやりとしながらその情報に目を通した。かれらにとっても、タルシカーの行動の意味は謎だったのだが。

7

搭載艇を降りた影が銃をかまえて用心深く接近してきたとき、これがクロレオン人の本来の姿だと、わたしはすぐにわかった。

かれらの基本形態はヒューマノイドだ。ずんぐりした胴体に、みじかく力強い腕と脚が二本ずつある。毛髪のない頭を、骨張った眼窩《がんか》におさまる三十六個の目が環状にぐるりととりまく。それぞれの目はごくせまい視野しか持たぬようだ。いずれにせよ、クロレオン人はわたしとは違って、つねに周囲の全方位を見ることができる。かれらの脳がどのようにしてパノラマ映像をつくりだすのか、それは生物学上の興味深い謎であり、研究する価値があるだろう。

だが、いまそれに手をつけるわけにはいかない。植民地クロレオン人たちは見るからに危険で、数だけでも圧倒的に有利なのだ。戦闘艦についてはいうまでもない。兵器の砲身やプロジェクターは最新技術ではないが、まちがいなく危険だった。

ヴォルカイルがハリネズミ装甲車ごと姿を消したので、ストロンカー・キーンやほかのヴィーロ宙航士と通信できるはずだと、わたしは踏んだ。セランが攻撃者から守ってくれるだろうが、まずは味方と連絡をとるべきだろう。

わたしはいくつかのチャンネルで呼びかけた。

最初に応答したのはエルファード人だった。これで、はなれていてもわたしの動きを詳細に追っていることが判明した。

「そうだ、そうだとも」と、歌うように、「あなたは自分の兵士の面倒をみるがいい。わたしのロボットが混乱したクロレオン人を牽制《けんせい》しているあいだに」

地下施設の戦闘マシンはどこにも見あたらないので、ヴォルカイルが〝混乱したクロレオン人〟といったのは目の前の到来者のことではないのだろう。かれらはまちがいなく同じ種族だが、有機組織社会の細胞タイプと植民地クロレオン人は根本的に違うようだ。似ているが外見は違っている、という以上に。

やがて興奮した女の声が応答した。

「ブリー！　こちらミランドラ・カインズです。ストロンカー・キーンとわれわれふたり、それから隠者の惑星に着陸した三十隻の船内にいるヴィーロ宙航士たちは、惑星を脱出しました。現在、複合体にドッキング中。こちらではすさまじい事態が発生しており、すべてが正常化するよう、コロフォン・バイタルギューとわたしとでストロンカーを支援します。そちらの応援にはのちほど向かう予定です。われわれの考えでは、あなたは危険な状態にはありません。あなたのシグナルが発せられた地域に、抗体は見あたりませんから……」

「すこしいわせてもらってもいいか？」わたしは女の声を荒っぽくさえぎった。「きみたちは上によじのぼっているようだが、こっちは地獄になっているんだ。あのエルファード人はわたしを……」

「時間がありません、ブリー！」こんどはわたしがさえぎられた。「抗体を撃退するまでにたくさんの問題が発生したので。しかし、成功しました」

わたしは話の隙を利用してふたたび口をはさんだ。

「ストロンカー・キーンと話がしたい！」

「時間がありません！」彼女は本気でわたしを厄介ばらいしたがっているように聞こえる。おさえようのない怒りが芽生えたが、どうすることもできなかった。

植民地クロレオン人たちが真横にあらわれたのだ。

先頭の一名がわたしには理解できない言葉でなにかを叫んだ。武器をさげると、彫像のように硬直して立ちどまる。三十六個も目があるために、この驚くべき反応の理由は判断しにくかった。だがとにかく、わが身に危険が迫っているわけではなさそうだ。

数名のクロレオン人が艦船や搭載艇にもどろうとして叫びながら走りだした。ほかの者たちは膝立ちになったり、両手で環状の目をおおったりしている。銃は次々に地面に落ちた。

兵士らしい秩序などまったくない。わたしはおもしろくなって、足どりも軽くそばのクロレオン人に近づく。かれはりっぱなむらさき色の戦闘服を着用していたが、その恐縮しきった態度とはおおいに矛盾していた。

わたしは説明のつかぬ自分の優位を利用して、その男を片手で……偶然にも左手だった！……つかむと、高々と引っぱりあげた。

クロレオン人は服従のため息とともにこうべを垂れ、見たくないものが見えぬようにした。

戦士のこぶしだ！

ストーカーからわたされた不思議な物体が、植民地クロレオン人にも効果を発揮したということ！　相手は見ていて気分が悪くなるほど卑屈で従順な態度をとっている。

「立ってわたしを見ろ！」わたしはクロレオン人をどなりつけた。

「お許しを、こぶしの保持者よ」その男は情けないようすで、「指揮官のだれかがくるまでお待ちください。あなたとお話しするのにふさわしい者です」

気がつくと、そのクロレオン人は身を振りほどいて逃げていた。同じあつかいを恐れたらしいほかの者もそれにつづく。まだのこっている数名は安全な距離をおいていた。

この小休止を利用して、もう一度ストロンカー・キーンや《エクスプローラー》を呼びだした。だが、すべてのチャンネルから〝使用中〟のシグナルが聞こえてくる。こんなことはありえない！　まちがいなく、わたしには伏せておきたいなにかがヴィールス船で進行中なのだ。そもそも、ミランドラ・カインズの態度からしてあやしかった。だが、ここ数日や数時間に何度もあったように、全容は見とおせない。わたしはごく一部を見て経験しているだけで、筋の通った全体像は描けなかった。

ようやく葉巻形小型搭載艇の一機が接近。上方が開いている。クロレオン人は上部カバーの前方を折りかえすようにしていた。

漆黒の姿が見えた。同じく漆黒の、数多くの勲章がきらめく制服を着用している。肩章から、部隊の高官だとわかった。

搭載艇はわたしから二十メートル以上の距離をおいて停止した。制服の者がひとりで降りてくる。ほかのクロレオン人たちは整然とならび、わたしのほうに開けた二列の人垣をつくった。漆黒の者は、こうべを垂れてわたしのもとへとやってくる。

やがて、わたしの数歩手前で立ちどまり、さらに深く頭をさげた。

「戦士のこぶしの保持者よ」と、トランスレーターから声がした。「どうか、あなたと決闘の手袋に拝謁させていただきたい。勇敢なるわれらが防衛隊から報告があったので」

「見るがいい」わたしは鷹揚《おうよう》に応じた。「わたしのことは、レジナルド・ブルと呼べ」

相手はゆっくりと目をあげた。

「わたしは提督スパルツァー」制服の者は自己紹介をした。「六つある植民惑星のひとつ、ヴィリヤンドクの黒の防衛隊の艦隊指揮官をつとめている。植民惑星には、永遠の戦士カルマーの栄光のために最後の闘争を戦う用意がある」

「その戦争について、すこしばかり話をしなければならんな」わたしは慎重に応じた。

「もちろんだ、こぶしの保持者よ。お望みのとおりに。われらが連合艦隊司令部からの要望をお伝えしてもよろしいか？」

「話せ、スパルツァー！」

「ただいま総司令官をつとめているのは、シクラウンのブルーの防衛隊をひきいるタルシカー提督」スパルツァーはうやうやしく説明した。「われわれ、交代で総司令官の任につくのだ。われわれがここであなたと会ったことは、タルシカー提督には伝わっている、こぶしの保持者よ。旗艦《シクラント》にお招きするよう、タルシカーからいいつかった。御身の安全は保証させていただく」

「身の安全については、きみたちほど心配してはおらん」わたしは自信たっぷりにいいはって、この状況を利用した。うしろめたさは感じなかった。兵士はこのような話し方しか理解しないものだ。長い人生でさんざん経験してきている。「だが、知っておきたい。《シクラント》でなにをしろと？　そのターザンがわたしになんの用だ？」

「ターザンでなく、タルシカー」スパルツァーはわたしの言葉を受け流して、「ささいな訂正をお許しいただきたい。明瞭に申しあげなかったのは、わたしの落ち度」

「タルシカーによろしく伝えてくれ」わたしは意図的ににべもなくいった。

「僭越ながら申しあげる」と、漆黒の者。「わたしはご招待をお伝えするためだけに参上した」

この話はすべて事実と思われたので、罠ではないかという考えが一瞬ひらめいたものの、すぐに忘れた。植民地クロレオン人に悪意があれば、ここで目的を達していたはず。わたしはすぐに決めた。決心をあと押ししたのは、ミランドラ・カインズの態度だ。彼女は、わたしがストロンカー・キーンや《エクスプローラー》のヴィーロ宙航士と話すのを阻止しようとした。彼女とその共犯者たちは、またしても指揮権を奪取しようとしているのだろう。

「きみといっしょに行かせてもらおう、スパルツァー提督」と、わざと威厳をこめていった。そうする真の理由はもちろん黙っておく。

黒いクロレオン人が感謝をこめて一礼したその瞬間、目の前でレッドカーペットがひろげられてもわたしは驚かなかっただろう。わたしが無言で搭載艇によじのぼると、スパルツァーがひろいシートをすすめてきた。

まもなく、艇は艦船団の最大の艦に入った。わたしは司令室の装置や乗員の挙動を目立たぬように観察する。

はっきりと伝わってくる振動とともに艦が浮上したとき、わたしは確信した。植民地クロレオン人の戦力は強大とはいえない。かれらの宇宙船技術は、テラの二十一世紀から二十四世紀と同じほどである。

「よかったら、装置を近くで見せてもらえるか？」わたしは提督にたずねた。

スパルツァーは驚いたそぶりを見せなかった。驚いていたが。

「本艦のことはご自分のものとお考えいただきたい」と、返事があった。「われわれのことは従者と」

探知スクリーンがどこにあるのか、なんなくわかった。わたしはオペレーター三名の背後に立った。これまでに見かけたすべてのクロレオン人と同じく、三名は明らかに男である。

遠距離探知は〝おとめ座の門〟星系内の艦船を立体的にうつしだしている。わたしのヴィールス船団と、そこから一定の距離をおいた植民地クロレオン人の艦船三千隻を見つけたが、戦闘の気配はまったくない。

そこで、近距離探知に注意を向けた。正体不明の多数のシグナルが高速で画面中央に接近している。

「これはなんだ？」わたしは戦士らしく簡潔にたずねた。

忠実な犬のようにうしろにいたスパルツァー提督が姿勢をただす。

「クロレオンの有機組織社会の有人戦闘艦だ」と、説明した。軽蔑まじりの口調である。

「改良タイプの抗体が、かくされた武器庫の兵器を持ちだしたのだ。恐れることはない」

「もちろん恐れてはおらん」と、わたしは応じた。「クロレオン人はクロレオン人だ」

スパルツァーはいくらか唖然としたようすでわたしを見た。こちらに向けられた目が眼窩の奥で不穏に光る。わたしはなにか失敗したらしいと気がついたが、それ以上はたずねなかった。だが徐々に、しばらく前から感じていた疑念が確信に変わっていく。ヴォルカイルの態度と哄笑、このクロレオン人の卑屈なようす。それらが、謎の力関係のパズルにぴたりとはまった。

この推測の証拠は、すぐにあらわれた。

抗体の部隊が植民惑星連合艦隊の射程に入ったとき、艦船が砲火を開いたのだ！そのさい、植民地クロレオン人は弱腰の気配など露ほども見せなかった。かれらは隠者の惑星からの追っ手に、持てる手段のすべてを向けたのである。

ヴォルカイルのロボットとは違い、この攻撃は仮借なかった。スパルツァーは警告さえせずに砲撃を命じたのだ。そして拍手喝采を期待するかのようにわたしを見る。

抗体の戦闘艦は、数も大きさも明らかに劣っている。はるかにまさる技術に対してなすすべもなかった。最初に到着した部隊は退却する。

「思うに、これで充分だ」わたしは提督にいった。「かれら、こちらを捕らえるか消すかしようとしたようだが、すぐにあきらめるだろう」

「もう一度、斉射を」クロレオン人提督はもとめた。

「だめだ、提督！」わたしはどなった。探知表示から、過剰攻撃だとわかったから。

「ご命令のままに、戦士のこぶしの保持者よ」艦隊指揮官はうやうやしく身をかがめた。

その後の航行は平穏だった。わたしは《エクスプローラー》とコンタクトをとるのはひかえた。提督たちやその目的について……願わくは、最後の闘争の意味と無意味さについても……より多くを知るチャンスが手に入ったのだから。ヴィールス船のハンザ・スペシャリストがわたしの目を盗んでなにをたくらんでいるにせよ、植民惑星艦隊についてより多くを知ることで、わたしの立場は有利になるはず。

提督の艦が《シクラント》にドッキングした。スパルツァーが案内する。わたしは乗員たちに鷹揚に手を振ってみせると、クロレオン人提督の言葉にしたがった。

8

ヴァティンは、なおも茫然としていた。

「あなたはポジティヴな面に目を向けるべきよ」と、ジジ・フッゼル。「戦闘にはならなかった。武力衝突はつねに後退を意味するわ。あなたの戦士カルマーが遠い過去にもとめたものだとしてもね。それに、これでわたしたちは敵ではないとはっきりしたでしょう」

「かれらは戦わずして降伏した」クロレオン人はうめいた。「栄誉の喪失がどういうことか、あなたたちは知らぬのだ。学校や訓練で学んだことのすべてが一瞬にして無に帰した。このようなことがあるだろうか。あなたたちにはわかるまい」

「よくわかるよ」と、ライナー・ディク。「きみが学校やブルーの防衛隊の訓練所で聞かされたことは、すべてがまったくのでたらめだった。知性体が追求すべきゴールは、たとえば、ほかのあらゆる命を尊重し、守ることなんだ」

「あなたたちに戦士の名誉法典のなにがわかるというのだ！」ヴァティンはまだ救える

ものを救おうとした。だが、心のなかで次々とあらたな疑念が芽生えて混迷していく。「嘘の教義だよ。よくある話だ」テラナーはなだめようとした。「その核心には真実があるかもしれない。でも、きみたちの軍事政権の権力者が自分の地位を守るためにでっちあげたんだ」

ヴァティンは黙った。

「いまは、消えたコマンザタラをなんとかしなければ」シガ星人が話題を変えた。「その前に、あなたを《レフラート》か《シクラント》に送っていきましょうか？」

「もはやどうでもいいことだ」

クロレオン人はすっかりうなだれている。ジジはうながすようにデイクに合図した。

「おい、キャプテン！」テラナーが叫ぶ。「植民地クロレオン人の旗艦と通信をつなげられるか？」

「ためしてみることはできる」《クォーターデッキ》の知性が、ヴィシュナの声のヴァリエーションで応じた。

ヴァティンは無気力状態からすこし目ざめた。好奇心が落胆を制したのだ。シート上でおちつきなく身じろぎするうちに、横壁の映像が変化して四角形が明るく光る。

「話せるぞ」と、キャプテン。「簡易映像中継もできる」

グリーンの制服のクロレオン人高官が画面にあらわれた。

「あれがきみの提督かい？」ディクがたずねた。向こうに自分の声が聞こえることは、ほとんど気にしていない。

「いや、違う！」ヴァティンは気まずそうに否定した。「タルシカー提督はブルーの制服だ」

テラナーはキャプテンが生じさせたスクリーンの前に立った。自分の姿も中継されるように。

「わたしは、ヴィールス船《クォーターデッキ》のライナー・ディク」と、自己紹介する。「タルシカー提督と話がしたい」

向こうのクロレオン人はこれを聞いて身をかたくする。その言葉をキャプテンが通訳した。

「首席通信士ゲホルフだ。探知によれば、そちらの船は戦士の艦隊の近くにはいない。あなたはだれだ？」

「きみが戦士の艦隊と呼んでいるものの一員さ」ディクは気さくに応じた。「確認してもらってかまわないよ。だから、タルシカー提督を連れてきてくれ」

クロレオン人の頭が消え、ほどなくブルーの制服姿があらわれる。

「タルシカー提督……」ヴァティンはおごそかにつぶやいた。ブルーの防衛隊の最高指揮官を目にして、思わず身をすくませる。

「やあ、提督！」ディクはやはり涼しい顔だ。「あなたたちの……そちらがなんと呼ぶにしろ……降伏あるいは服従についての話は聞きましたよ。われわれ、この事態のすみでちいさな問題をかかえています。わたしの《クォーターデッキ》に、ヴァティンという名前のクロレオン人がいるんです。ほら、こっちにきて」

ディクが手まねきすると、上級監視員は申しわけなさそうに近よってきた。

「シクラウン近傍の一遠隔ステーションから連れてきました。かれは、准提督リリングジョークからわれわれとコンタクトするように指示されたんです。あなたの部下はりっぱにやりとげましたよ、提督。でも、そのせいで《レフラート》に予定どおり着任することができませんでした。カラーという名前のずるい男が、もう告発しているかもしれない。われわれ、それをあるべき姿にもどしたいと思っているんです」

さしあたり提督は黙っていた。やがて、撮影装置にうつっていない側から、何者かが提督に耳打ちする。

「しばし待たれよ、戦士の従者」と、タルシカー。

提督は一分ほど姿を消した。そのあいだ、ヴァティンは胃が痛むかのように背中をまるめていた。提督がもどってくる。ずいぶん表情が明るい。

「確認する必要があったのでな、従者ディクよ」と、威厳をこめて、「きみの主張は事実どおりだった。どうすればよろしいか？」

「あなたの勇敢な兵士をお返ししたかっただけなんだけど」テラナーは笑った。

「うけたまわった」提督はかたくるしく返答する。「それについて、ひとつ訊かせてもらっても？」

「どうぞ！」

「上級監視員ヴァティンときみたちは、正確にはいつコンタクトした？」

テラナーにはその問いの意味がわからなかったが、進んで答えた。

「ならば、ヴァティンはシクラウンの英雄だ」タルシカー提督は歓声をあげるように、

「植民惑星のクロレオン人としてはじめて、永遠の戦士の一宇宙船に滞在し、カルマーの無敵の兵士たちと話すことを許されたのだから。《シクラント》に歓迎しよう、小艦隊隊長ヴァティン！　きみをこの地位に昇格させる。われらが種族と戦士カルマーのためにおこなっためざましい働きによって」

すっかり不意打ちをくらったクロレオン人は、ディクの横で震えていた。

「やっぱりね」と、ジジ・フッゼル。当然のことといわんばかりである。

「新任の小艦隊隊長をそちらに送りとどけますよ」と、テラナー。

「すばらしい」提督の目が輝いた。

「いい機会なので、ヴァティンに話してやってくれませんか」ディクがつづける。「あなたたちがなぜ、カルマーの艦隊と思われるものに服従したのか。ヴァティンはいくつ

か理解に苦しんでいることがあるようです」

「もちろんだとも」提督は応じた。「上級監視員だったかれには、戦士の名誉法典が持つ深い意味が理解できなかったのだ。むろん、クロレオン人の祖先が実際にはなにをしたのかも」

「それなら、まるくおさまりそうね」ジジが断言する。

「すべての伝統的クロレオン人の名において、感謝する」提督は誇らしげに、「それでは失礼させていただく。高位の来客があるのでな。戦士のこぶしの保持者レジナルド・ブルが《シクラント》に到着すると連絡があったのだ。もちろん、きみたちもこちらにきてもらってかまわない。そうしたいなら」

ライナー・ディクとジジ・フッゼルは息をのんで顔を見あわせた。

「ブリーがかれらの旗艦に？」ちいさな女性は驚いて、「のっぽさん、わたしもいっしょに行きたいわ。コマンザタラはあとまわしにして。いいかしら？」

「われわれ、行かせてもらいますよ」長身のテラナーは提督にいうと、キャプテンに通信を切るようたのんでから、「もちろんいいとも、ちいさな魔女」そういってジジのヴィールス・ゴンドラに手を伸ばそうとした。だが、思考操縦のほうが早かった。「いいっていうしかないからね。わかってるさ。わたしの尻がきみのより大きくても……」

「……なにかを決めるときは同権」彼女はかれの言葉をさえぎった。「そういいたかったんでしょ?」

「いいたかったのは、わたしがきみの尻に敷かれてるってことさ」テラナーは怒ったふりをした。「でも、いまはどうでもいい。《シクラント》に行こう。ブリーのところ、タルシカーのところに。われらが小艦隊隊長が勲章をお待ちかねだ!」

デイクはキャプテンにコースを指示した。

＊

《シクラント》へのドッキングはスムーズにいき、スパルツァーの艦でわたしが気がついた点は裏づけられた。植民地クロレオン人は、転送機を知らないのだ。

そのために、縦五百メートル、横四百メートルの旗艦内への移動はいくらか長ったらしいものとなった。もちろん黒い提督が同行している。わたしはだんだんその目つきを解釈できるようになってきた。提督は、奇蹟を期待するかのようにストーカーのパーミットを何度も盗み見ている。

たいした歓迎ぶりだった。生死をかけた戦争におもむかんとする艦隊になぜこのような贅沢ができるのだろう、と、わたしは自問した。

耳慣れない歓迎の音楽が長いエアロックに反響する。天井でプラスティックの照明チューブが点灯しているというのに、両壁にならぶ小棚の上では儀式ばったカラフルなろうそくに火がともっている。スパルツァーは、肩をならべるなどおそれ多いといわんばかりに、わたしの一歩うしろを歩いていた。エアロックを通りすぎると、《シクラント》艦内にいることに気がついて、わたしは振りかえった。提督のうしろから、グリーンと赤とグレイの制服姿の三名がついてきている。

エアロック通廊が終わりに近づくところで、ブルーの制服の兵士が整然と二列の人垣をつくっていた。そこでクロレオン人四名からなる歓迎委員会がわたしを待ちかまえている。かれらの制服も色がばらばらで、こんどは赤、グリーン、グレイ、むらさきであった。

スパルツァーがそのクロレオン人たちを紹介した。

「ペルペティンのグリーンの防衛隊の指揮官、ギルガメル提督。サンス＝クロルの赤の防衛隊の指揮官、タフ＝クロル提督。アルヴァアンドレーのグレイの防衛隊の指揮官、エダモー提督。マンルドゥムのむらさきの防衛隊の指揮官、パランガード提督だ」

わたしは名前をおぼえようとしたが、ことの進行が速すぎてすべてはおぼえられなかった。とにかく歓迎セレモニーが終わってほっとする。

そこからは五名の提督だけが同行した。

《シクラント》内は原則として、スパルツァーが隠者の惑星からここまでわたしを乗せてきた戦闘艦と変わらない。植民惑星は軍国主義だという印象が、これで完全なものになった。

反重力シャフトで上方に向かう。すでにわかっていたように、〝半分の卵〟の先端が艦首だ。そこに司令室もあるとわたしは考えていたが、その予想はそっくりそのまま裏づけられた。

タルシカー提督がわたしを待っていたのは、ひろびろとした円形の空間だった。場所によっては装甲窓ごしに直接、外が見える。ここは《シクラント》の司令室であり、艦隊総司令官の指揮スタンドである。八十名ほどのクロレオン人がさまざまな装置や台やコンソールのそばで作業をしていた。いくつものスクリーンにくわえて、巨大な半全周パノラマスクリーンふたつが光り、周囲の宇宙空間や、隠者の惑星や、〝おとめ座の門〟星系のリング五本をうつしだしている。

わたしは思わずヴィールス船の複合体を探した。やがて見つけて安堵し、いかにも鷹揚に……もちろん表面だけだ！……青い制服の提督に挨拶をした。タルシカーもわたしの左腕の、指がない金属製手袋をうやうやしげに見ている。

「戦士のこぶしの保持者よ」まわりくどい話は抜きに、タルシカー提督ははじめた。「ご存じのように、われらが連合艦隊は永遠の戦士のもとに無条件に服従した。そうしなければならなかったのだ。この、言語道断に見える行為の説明を聞きたいと思われているはず。わたしには説明をする用意がある」

そういうと、わかりやすいしぐさでわたしを一円形テーブルに招いた。そこに七本の旗が立っている。わたしは植民地クロレオン人の六つの色を認めた。

七本めの旗は白であった。に描かれている。ここがわたしのために用意された場所であることは明らか。このゲームに参加し、席につくよりほかに選択の余地はなかった。

タルシカーだけが話をする。

「つつしんであなたに赦《ゆる》しを請いたい」と、はじめた。「これはつまり、植民惑星の全クロレオン人の名において、ということ。われわれ、自分たちのことを昔の植民者の……すなわち、永遠の戦士カルマーがわれらの祖先を罰したさいに避難した者の……子孫だとは考えていない。古き時代の伝統を守ってきたが、心情は変化したのだ。われわれは独自の種族グループとなった」

いい香りの飲みものがテーブルに置かれた。だが、すぐに飲むのはひかえる。グラスの中身の正体がわからないから。

「戦士のこぶしの保持者よ、われわれがあなたに赦しを請うとき、その思いは永遠の戦士に向けられている」提督はちびりと飲んで、つづけた。「われわれ、生物学上の祖先の罪をあがなうためなら、なんなりとするつもりでいる。もはや自分たちは、あの祖先と同一ではありえないのだが。

数千年にわたる歴史から、われわれはもう、クロレオンの有機組織社会とはなんのかかわりもないという認識にいたった。そう、正直に申しあげると、あの社会に嫌悪をおぼえている。とはいえ、憎悪の念を拡散したくはないと考えた。そこでわれわれ、内なる浄化の時期を終えたのち、われらが種族の学校においては、古きクロレオンについて最低限しか語らないことにしたのだ。

故郷世界と距離をおくことで、精神的な断絶も進んだ。それがわれわれを、やがて生きる指針となる、永遠の戦士カルマーの名誉法典へと導いたのだ。こうして、シクラウン、ペルペティン、サンス＝クロル、アルヴァアンドレー、マンルドゥム、ヴィリヤンドクの指導者たちにとり、最後の闘争でどちらの側につくべきなのかが明らかになった。つまり、戦士の側である」

タルシカーはふたたびみじかい間をおいた。頭は動かないが、わたしや、同意するようにうなずくほかの提督を見ているのはわかる。

「きみの話しぶりは」わたしはいった。「まるでわたしが戦士カルマーその人であるかのようだ。それは間違いかもしれないと考えたことはあるか？」

その返事は、即座に、自信満々に返ってきた。

「あなたは戦士のこぶしの保持者。重要なのはそれだけだ。あなたがカルマー、あるいはべつの名前をかたっているのかどうかなど、問題ではない。あなたはとにかく永遠の戦士なのだ。こぶしは戦士の具象だから」

わたしは返事をひかえた。真の背景の有益な情報がもっとほしかったから。ただ、タルシカーやほかの提督がすべてを自分たちの視点からだけ見て、一方的な考え方をしていることは、確信できた。

「われわれ、伝統的クロレオン人と名乗っている」ブルーの提督が話を先に進めた。わたしがなにもいわなかったからだろう。「しかし、われわれの伝統は罪深き原クロレオンの祖先よりも古いものと理解していただきたい。祖先は意味のない武装を進めるべく、さらに罪深き有機組織社会へと変貌した。こぶしの保持者よ、あなたはもしかしたら、あのクロレオン人たちは最後の闘争で能力を証明すべくりっぱに武装したのだ、そうおっしゃるかもしれない。しかし、かれらは武装にさいして方針をあやまり、戦士がかつて罰した、まさにその方向に向かったのだ。五千年前のことだ。すべてのクロレオン人にもとめられたのは、一定期間後にふたたび能力を……〝あらたな〟能力を証明することと。いま、その瞬間がきた。われわれ、準備はできている」

「祖先とそれほど心理的な距離をおいているのなら」わたしは口をはさんだ。「なぜ自分たちの世界にとどまって、クロレオンをクロレオンのままに、つまり、隠者の惑星を隠者の惑星のままにしておかないんだ？」

タルシカー提督は笑うことさえできた。自信のある笑いである。

「いい質問だ、こぶしの保持者よ！　しかし、われわれをあざむくのは無理というもの。戦士の名誉法典からわかったのだ。Xデーに自分たちなりのやり方で能力を証明しなければ、戦士はわれらが文明を破壊するだろうと。さらにわれわれ、永遠の戦士を心から讃美しているので、必然的にかれの補助者となる。とはいえ、その従属は、過去の罪をあがなわんとする試みの一部にすぎない。そこでわれわれ、よりよい道を見つけた」

提督はふたたび一同を見わたした。いま、決定的な発言がなされるのだと、わたしは見ぬいた。

「われわれに、祖先を罰することをおまかせいただきたい、こぶしの保持者よ」クロレオン人は願いでた。「かれらは罪をおかした。罰を受けるべきなのだ。永遠の戦士がこの件で手を汚すことはない。われわれ自身でかたをつけられるのだから」

「具体的には、どういうことだ？」わたしはたずねた。答えはとっくにわかっていたが。

「最後の闘争で、われらは同族の者たちと戦い、有機組織社会のクロレオン人をすべての罪から永遠に解放するつもりだ」

わたしはひどくショックを受けた。兄弟殺しに等しい言語道断な要求だからだ。このとんでもない愚行も、わたしにはまだ見とおせないヴォルカイルの計画と同じく、阻止しなければならない。

この好戦的な連中が結末のわかりきっている殺戮作戦に突入する前に、時間を稼がなければ。われわれがホロコーストと名づけたギイダーの世界の映像が、ふたたび意識にのぼってくる。

だが、なにをいえばいい？　戦争にとりつかれたこの提督たちが、わたしの言葉に耳をかすだろうか？　ストーカーのパーミットは、このいまいましい決闘の手袋は、わたしに必要な権威をあたえてくれるほど強力なのか？

わたしにはわからなかった。関与者たちの力関係、感情、伝承……これらで構成されるパズルはまだ完成していない。もっとも重要なピースが欠けていて、そもそも見つけられるのかどうかも疑問だ。永遠の戦士カルマーは厳然たる事実かもしれないし、邪説から生まれた妄想にすぎぬかもしれなかった。

提督は期待をこめてわたしを見ている。

この瞬間、そばのハッチが開いた。背高のっぽの一テラナーが、親しげな笑みを浮かべながら、数人のクロレオン人をしたがえて、のんきに入ってくる。

こんなじゃまは大歓迎だ。なにがなんでも必要だった考える時間をあたえてくれるから。

「やあ、みなさん」のっぽが陽気にいう。「ヴィールス船《クォーターデッキ》のライナー・デイクから、ご挨拶を。われらがヴァティンも連れてきましたよ」

デイクが気弱そうなクロレオン人を背後から引っぱりだした。

ここでなにが演じられているのか、わたしには理解できない。だが、ヴィーロ宙航士の登場が危険をもたらすとは思えなかったから、その後の展開を黙って見守った。

「こちらが親愛なるタルシカー提督ですね」テラナーは両手をさしだし、ブルーの制服姿に駆けよって握手をした。「あなたの勇敢なる小艦隊隊長、ヴァティンです」と、腰が引けているクロレオン人をさししめす。

「こんにちは、ブリー！」と、声がわたしの右耳のなかでささやいた。横に目をやると、わたしの肩にすわっている女シガ星人が見えた。「だいじな集会を、ぶしつけにおじゃましたのでなければいいのですが」

「ここでなにが起きているんだ？」わたしはたずねた。

「わたしはジジ・フッゼル。セグメント一二三四、固有名《クォーターデッキ》のヴィーロ宙航士です。すこしお話を……」

彼女はかいつまんで自分の冒険の話をした。わたしのヴィーロ宙航士ならば、いかにもありそうなこと。ライナー・デイクという長身のテラナーは、提督たちとしゃべりながら、弱気なクロレオン人を何度も前に押しだしている。タルシカーは何度か物問いたげにこちらを見たが、わたしはわからんと手を振ってみせた。こうして、ジジ・フッゼルの話を聞くと同時に、自分の問題について考える時間を稼いだ。

やがて長身のヴィーロ宙航士がわたしのそばにきた。

「ちいさな魔女があなたを退屈させていないといいのですが、ブリー」オーヴァーなしぐさで握手をしてから、小声でささやく。「なにかできることはありませんか？　われわれ、すぐに退散しますので」

「いまはない」と、わたしは応じた。すべての問題を自分ひとりで解決しなければならないと、とっくに気がついていたから。たのみはストーカーのパーミットだけだ！

「それでは、また」テラナーは両手を振った。「みなさんの計画や戦士のことはわかりませんが、最後にひとつお願いをしてもいいでしょうか？」

タルシカー提督がまたわたしを見た。さまざまに解釈できる言葉ではある。

「もちろんだとも、ヴィーロ宙航士ディク。わたしもわが伝統的クロレオン人も、よろこんでお手伝いさせていただこう。できることであれば」

提督は従容《しょうよう》といった。

ライナー・ディクは胸ポケットから絵の描かれたフォリオ一枚を出して、それをひろげた。そのタッチから、ヴィールス船の知性が人工的に仕上げたものとわかる。

その絵には、力強い、だが優美な植物が描かれていた。

「これがなにで、どこで見つかるのか、だれか知りませんか？」と、その絵を《シクラント》の司令室にいる者全員に見せた。

提督たちは黙っている。なんの絵かまったくわからないのだ。だが、老いた一クロレオン人が足を引きずりながら通信コンソールからやってきて、絵をしげしげと見た。

「コマンザタラの伝説」と、ちいさな声で、「子供のころに聞いたことがある。だが、それ以上は知らない」

「思いだしてください」と、ライナー・ディク。

老人は、ただかぶりを振るだけ。

「思いだすのだ！」タルシカー提督がどなりつける。

「まあまあ！」ふたたびジジ・フッゼルがふつうに増幅された声でいった。ちいさな乗り物で老人のもとまで飛ぶ。

「どうか思いだして、友よ」彼女はささやいた。「わたしたちにとって、ほんとうにだいじなことだから」

「コマンザタラは、なにかを探している孤独な存在だ」老クロレオン人はつぶやいた。

「そういう感じだった。ほんとうにそれ以上は知らない。もしかしたら、ほかのどこかでシュプールを見つけられるかもしれない」

「ありがとう」と、シガ星人。彼女はわたしと提督たちに手を振ると、長身のヴィーロ宙航士とともに司令室を出ていった。わたしは大きさの違う二名の研究者を見送った。

だが、その姿が消えたとたん、かれらに中断された時点に思考がもどる。

われわれは会議テーブルにすわりなおした。わたしは目の前のグラスからひと口飲んで立ちあがる。

「戦士からのさらなる指示はふさわしい時に知らせる、勇敢なる伝統的クロレオン人の戦士たちよ」あらゆる抵抗を排そうと、わざと聞き手の心をくすぐる言葉を使った。かれらは一心不乱に耳をかたむけている。「だが、まだ機が熟していないことを知り、理解してもらいたい。最後の闘争……それがどのようなものになるにせよ……と、それに関するきみたちのイメージは、いくらか修正が必要だ。最後の闘争の準備は徹底的におこなう必要がある。その日は近い。はじまるまでは待機するのだ！　有機組織社会との紛争はすべて避けよ！　ほかの者との紛争もだ！　後命あるまでこのポジションにとどまること。よくおぼえておけ。永遠の戦士への服従は、すべての罪を水に流すための重要な前提条件となる。きみたちの罪であれ、祖先の罪であれ」

提督たちは無言で深々と頭をさげる。わたしの遠まわしの脅しは効果を発揮した。ブラッフにすぎないのだが。

岐路はひとまず沈静化への道をたどり、わたしはなんとしても必要だった時間を手に入れた。

「《エクスプローラー》にもどる！」

こうして、奇妙な会談は終わった。やはり異議は出ない。

わたしはこうべをあげて、左腕を大きく振りながら、司令室をはなれた。タルシカーみずから搭載艇に案内してくれる。わたしが受けた最後の栄誉は、新任の小艦隊隊長ヴァティンに《エクスプローラー》まで送りとどけてもらうことだった。

9

ライナー・デイクは、《クォーターデッキ》の自分のセクターにつづく通廊を困りきって歩いていた。ジジ・フッゼルは無言でヴィールス・ゴンドラに乗り、思考操縦でかれの横についている。キャプテンは《シクラント》訪問を終えた二名に詳細をたずねることはしなかった。ヴィーロトロニクスは……シガ星人はキャプテンをこう呼んでいる……デイクに、ヴィールス船をはなれる前に小型記録装置を携行するようにたのんでいたから。デイクはいわれたとおりにした。キャプテンはいまごろ、興味深いデータや事実をすべて呼びだしているだろう。

身長百八十六センチメートルの長身のテラナーは、この件についていつまでも頭をひねるのをやめにした。キャプテンはいまごろ《エクスプローラー》のヴィーにも情報を伝えているはず。それがヴィーロ宙航士たちの役にたつかもしれない。なんといってもレジナルド・ブルは、ほぼ五万名のヴィーロ宙航士が乗る複合体のなかでも、きわめて経験豊富で重要な人物なのだ。

デイクが考えていたのは、ちいさな恋人と同じく、ひとつだけだった。コマンザタラのことだ！

とにかく、自分たちは妄想の産物を追っているわけではないのだと、テラの生物学者はみずからをなぐさめた。コマンザタラは実在する。あの植物が不可解なかたちで姿を消してから、デイクは何度か、すべては願望が見せたただの夢だったのではないかと考えた。研究者というのは、生きているうちになにか特別な発見をしたいという思いに駆られるもの。ライナー・デイクとジジ・フッゼルもまた、そうであった。

かれらはコマンザタラを手に入れたのに、失ってしまった。大胆な研究プログラムを構想していたものの、なにひとつ実現できなかったのだ。

ヴァティンとの経験は気晴らしになったとはいえ、心はやすまらない。

「マークス二名を問いつめてみるよ」居住セクターに着くと、デイクは憤然といった。

「あやしいからね。グレク98とグレク99には、やましいことがあるのかもしれない。いつもこそこそしているんだから」

「期待はできないと思う。なにかあればキャプテンが気がついたはずよ」シガ星人が正直にいう。それから、まったく場違いなことをいいそえた。「おなかがすいたわ」

ライナー・デイクが同意のしぐさをする。主室のわきにちいさなキッチンがあるし、デイクは料理をするのがとても好きだったが、いまはそんな気分にはなれなかった。かれはロボットキッチンに、アコパッツ・ジャクセルスキをそえたカツレツのクリームソースがけを用意させて、お気にいりのサザン・カンフォートを一本たのんだ。

ジジはヴィールス・ゴンドラから飛びだすと、テーブルの上、ディクの皿の横にすわった。いつもこうしていっしょに食事をしている。とはいえ、ジジはあのウイスキーが大嫌いだった。ほとんどのシガ星人はアルコールを好まないのである。

しばらくのあいだ、ふたりは黙って食べていた。だが突然、ちいさな女性がほとんど見えないナイフとフォークをとりおとす。

「なにかにおわない、のっぽさん？」

ディクはにおいをかぎながら鼻をあげて、

「そうだね、カツレツの香辛料が多すぎるな」

「ばかなことをいわないで、のろまなのっぽさん！　嗅覚をしっかり働かせて！」

テラナーはため息をついて立ちあがった。キャビンのなかをうろうろする。

身をかたくした。

「ほんとうだ、ちいさな魔女。植物のにおいがする。スミレ、タイム、日本のサクラ、ブルガリアンローズのオイル、キョウチクトウ、金星のジタリクス、プロフォスのミステリク……きみが香水瓶の中身をこぼしたのかい？」

「わたしは香水なんてつけないわ！　だれのために使うっていうの？　でも、あなたの香気鑑定については、同じ意見よ」

ジジはヴィールス・ゴンドラを呼びよせて乗りこんだ。キャビンをぐるりとまわると、ラボにつづく閉じたハッチの前でとまった。

「においはここからきているわ！」彼女はハッチをさししめした。「キャプテン！ 開けてちょうだい！ 保安処置もお願い」

ハッチが開いた。キャプテンがいくらか皮肉のこもったしわがれ声で応じる。

「そこまで心配する理由はないな」

デイクとシガ星人は同時に目にした。コマンザタラが、植木鉢にもどっている！ 花の頭部の色が変化していた。あのやわらかなブルーではなく、磁性ケーブルが語っていた燃えるような赤でもない、薄むらさきとピンクが混じったような色。だが、変化しつつあるのは明らかだった。

〝……あなたがコマンザタラを見れば、その花はやわらかなブルーに光るでしょう。そして、あなたがコマンザタラを理解したら、ブルーの色調は消え、燃えるように赤く輝くでしょう……〟

ジジは、完全には解読できなかったコマンザタラのメッセージをすべておぼえていた。

ヴィールス・ゴンドラで、すばらしく美しい植物のもとへと向かう。コマンザタラは、自分が発することのできる香りをほんのすこしだけただよわせていた。

「どういうことかしら。わかる、のっぽさん？」ジジは熱心にたずねた。

「いいや。でも、もどってきてうれしいよ。ところで、カツレツが冷めてしまうな」

ジジ・フッゼルは、壮麗な美しさをたたえ、極上の香りをはなつコマンザタラの頭部の周囲をゆっくりとまわった。

「あなたはどこに行っていたの？」彼女は愛情をこめてささやいた。「探したのよ、わたしの大きな女の子」

一瞬、植物が返事をしたような気がした。ちいさな声が空中をただよっている。

「もうどこにも行ってはだめよ」ジジはつづけた。「わたしたち、あなたを愛してる。のっぽさんもよ。ぶしつけで、すごく無関心に見えるときもあるけれど、いい人なの」

またあのちいさな声がしなかったか？　ジジは懸命に耳をすますが、あたりはしずまりかえっている。ディクが隣りのキャビンでたてる音だけが耳のなかで響く。

まもなくテラの生物学者があらわれた。戦闘服を脱いで、ブルーの古いバスローブと古いスリッパを身につけている。

「彼女がわたしに話をしてきたわ」ジジはいいはった。「でも声がちいさすぎて、なにをいっているのかわからないの」

ディクはなにもいわずにシガ星人をヴィールス・ゴンドラから抱きあげると、慎重に彼女の頸に手を伸ばした。超小型拡声機をはずして、コマンザタラの花の上に置く。

「ありがとう、のっぽさん」声は弱々しいが、はっきりと聞こえた。「あなたがたはわたしを助けようとしているると感じていました。ありがとう」

「きみはどこに行っていたんだい、美人さん？」ディクがたずねる。

「遠くに」声がちいさくなっていく。「わたしはクロレオン人がいることに耐えられないのです。かれらはわたしの失敗を思いださせるから」

ヴァティンね！　ジジはひらめいた。ディクに目を向けると、その表情から同じことを考えているのがわかる。

「遠くって？」シガ星人はちいさな首を振った。「どう理解すればいいのかしら？」

「疲れて」その声はなんとか聞きとれるほどである。シガのマイクロ技術の傑作でも、弱々しい空気の振動をしかととらえることはできなかった。「休みます。もしかしたら……あとで。探す……？」

「われわれ、きみが探すのを手伝うよ」ヴィーロ宙航士のテラナーは強くいった。「でも、どこを探せばいいんだ？」

「……どこか……」

不思議な植物は黙った。ディクは花の頭部から慎重に拡声機をとりあげた。

「われわれ、ほかのヴィールス船のもとにはもどらない」テラナーは宣言した。「コマンザタラが探しているものを探しにいこう。クロレオン人や、永遠の戦士や、そのほかありったけのばかなことは、われわれ抜きでブリーにやってもらえばいい」

　ジジ・フッゼルは感激して拍手をした。

「キャプテン！」ディクが叫ぶ。「スタートだ！」

「どこへ？」ヴィールス船がたずねる。

「直進コースか、曲がりくねって進むか」

「それなら直進を選ぶとしよう」

《クォーターデッキ》は加速した。キャプテンは《エクスプローラー》に定時報告を送信し、セグメント一二三四はふたたび独自の道を行くと伝えた。マークス二名とほかのギャラクティカーたちは反対しなかった。〝おとめ座の門〟星系が、ヴィールス船の後方であっという間にちいさくなる。

「かれらは最後の闘争をすればいいわ！」ジジは笑った。「きっと生きのびるわよ」

「だれのことかな？」ライナー・ディクがふざけて応じる。

「わたし、キャプテンに助けてもらって、コマンザタラのためにあたらしい拡声機をつくるつもりよ」と、いうのがジジの答えだった。「いいかしら、のっぽさん？」

「それじゃわたしは、カツレツのクリームソースがけをもうひと皿、香辛料はすくなめでたのむとするか。いいかな、ちいさな魔女？」

　ふたりがラボをはなれたとき、コマンザタラの花は疲れてかたむいているように見えた。だがその色は、さらに赤みを増したようだった。

わたしは《エクスプローラー》にもどると、すぐに自室にひきこもった。ヴォルカイルとの神経をすりへらされる出来ごとや、伝統的クロレオン人、つまり植民地クロレオン人とのとんでもない経験のために、熟考できる静けさが必要だったのだ。わたしはひとりになりたかった。

＊

かたづけるべき点がふたつある。相いかわらず不完全な全体像の、重要なピースだ。ヴィールス船はわずかな者たちの指示により、攻撃および防衛に適したフォーメーションに徹底的に組み替えられていた。この処置が隠者の惑星を相手にしているのは容易にわかる。だれの指示なのか、ヴィーからかんたんに聞きだせた。これが、かたづけるべき第二の点である。ハンザ・スペシャリスト四名の独断行動だ。

このテラナー四人は、過去にもヴィールス船に規則を導入して指揮権を奪おうとした。ストロンカー・キーンとラヴォリーとわたしとで、出すぎたまねをしないようかれらに教えてやったのは、そう昔のことではない。あれで問題は解決したと思っていたが、すでに判明したように、そうではなかったのだ。

伝統的クロレオン人の服従の申し入れを受諾し、わたしから見れば決定的であるミスをおかしたのは、アギド・ヴェンドルとドラン・メインスターである。

　これ以上、乗員たちを害する策を弄《ろう》せぬよう、もっときびしくかれらを見張らなければ。だが、きびしい処置はとりたくなかった。あの四名はアダムスの指示を受けているのだから。その指示の範囲をこえて傍若無人《ぼうじゃくぶじん》にふるまっていると、確信してはいたが。

　それでも、この問題の重要性は低い。戦士カルマーや最後の闘争をめぐるパズルと直接に関係しているわけではないから。そして、そのパズルこそが、わたしがとりくむべき第一の点なのである。

　わたしは左腕の物体をなでた。結局のところ、われわれがこれまで〝おとめ座の門〟星系で経験してきた騒動はすべて、これのせいなのだ。

　自室キャビンに閉じこもったおかげで、わたしは感情を爆発させることができた。ストーカーと謎のパーミットについて、声をかぎりに悪態をつく。通行許可証だと聞いていたのに、悪霊を呼びさましただけではないか。なにもかもがこの物体のせい、つまり、ストーカーのせいなのだ。

　わたしはわれを忘れて毒づいた。たのみもしないのにヴィーが口を出してくるまで。

「それは当を得ているのかもしれませんが」ヴィシュナのおだやかな声がわたしをなだめようとする。「まずは冷静に」

「わたしは冷静そのものだ」わたしは鼻息荒くいいかえした。「これは、静けさの前の嵐というやつさ！　逆じゃないぞ。わかったか？」

ありがたいことに、ヴィーは返事をしなかった。そこでわたしは重要なことにふたたび集中する機会を得た。

あの一味……ドラン・メインスター、コロフォン・バイタルギュー、アギド・ヴェンドル、ミランドラ・カインズのことを、わたしはひそかにそう呼んでいた……は、わたしにしたのと同じように、ストロンカーやラヴォリーを不意打ちし、ぺてんにかけた。わたしがまだエルファード人に引きずりまわされていたときのことだ。すべてがからみあっている。永遠の戦士の名誉法典、ストーカー、クロレオン人……さらに、わたしの乗員まで。

それともわたしは、慣れ親しんだ古い考え方にかたよりすぎているのだろうか？　かれらは〝わたしの〟乗員なのか？　異郷に憧れる者に対して、考えられるかぎりの自由を認めたのではなかったか？

あの一味もそれに反対したのだ。わたしはふたたび怒りをぶちまけた。

「あなたは重要なテーマからそれています」ふたたび、たのみもしないのにヴィーが口出ししてきた。「ストーカーのパーミットです！」

「それがゴルディオスの結び目なのか？」

ヴィーはすぐには返事をしなかった。惑星ホロコーストの光景がまたしても頭に浮かぶ。最後の闘争は同じような致命的破滅をもたらしかねない。だが、なにか決定的なことが起こらないかぎり、クロレオン人同士の内戦は避けられないだろう。

認めるしかなかった。ヴィーロ宙航士たちと自分自身を希望のない状況に引きずりこんだのは、このわたしだ。一瞬の静けさは一時的な成功にすぎない。

「ヴィー！」わたしは、自室でわめきちらしながらおちつきなく歩きまわるのをやめて、あたたかいシートに身をうずめる。「過去にホロコーストのギイダーを襲ったのと同じ運命が、クロレオン人に迫っている。なんとかしてこの愚行を阻止しなければならん。きみの助けがいる」

「ストーカーのパーミットはゴルディオスの結び目なのかとたずねましたね、レジナルド・ブル」ヴィーの声には、わたしの気持ちへの共感があらわれていた。「それはある意味で的を射ているかもしれない。わたしにもまだ詳細は不明です。あなたと同じ問題をかかえているから。数多くの個々の要素から、まとまりのある全体像をつくりあげることができないのです。それでも、あなたには見えていないいくつかのことが、わたしには見えている。それをお伝えしましょう。あなたの助けになるかもしれません」

「話してくれ！」

「戦士のこぶし、ストーカーのパーミット、あるいは決闘の手袋。いまわたしがいったのは、あなたがすべての元凶だと考え、罵倒して切り捨てた道具のことです」

「そのとおりだ」わたしはいった。

「あなたが経験したように、戦士のこぶしは相手を操作できるだけではありません。内戦を、最後の闘争を引き起こすこともできる。戦士のこぶしのなかに、不可解で深遠な象徴としての力が生きているから。これもあなたは経験しました」

「それもそのとおりだ」わたしは認めた。

「あなたは、その道具にほかの知性体が反応した時点から、表面的かつ現実的なことしか見ていませんでした。ほんとうの意味でパーミットを使ったことはなかった」

「それは違う！」

「違いません！　あなたはパーミットの観念的な、なによりもイデオロギー的な価値を体験しました。あなたは自分をパーミットに利用させたのです」

「きつい言葉だな」わたしはいいかえした。

「有益な助言です。いままで考えたことはありますか？　戦争を引き起こせるちいさな道具の保持者が、戦争を防ぎたいと願うのみならず、そのちいさな道具を正しく使いこなせたなら、その道具は戦争を防ぐこともできるはずだと」

わたしは返事をしなかった。

「ストーカーのパーミットには、観念的あるいはイデオロギー的な価値のほかに、効果的で実用的な価値があるかもしれない、あるいはあるはずだと、考えたことはありますか？」

　わたしはまだ黙っておくことにした。

「戦士のこぶしは、はじまる前に戦争を阻止するもの。そう揺さぶりをかけることも可能だと、考えたことはありますか？　まさにそれが、植民惑星の伝統的クロレオン人がいままでやってきたことではありませんか？」

　返事が舌の先まで出かかったが、わたしはしっかりと口を閉じておいた。

「戦士のこぶしはイデオロギーをまとった技術装置なのではないかと、考えたことはありますか？」ヴィシュナの声はおだやかに、だが揺るぎなくつづけた。「さらに、その装置の使用者はつねに望む作用を引きだせるはずだと、考えたことはありますか？」

　わたしは目をこすったが、まだ黙っていた。

「あなたに一隻の戦闘艦があれば、レジナルド・ブル、海水を一瞬にして蒸気に変えることができます。それにより、すべての命は抹殺されるでしょう。しかし、その戦闘艦を海に沈めて海面を数センチメートル上昇させることもできるのです。それにより、あふれた水は大地を流れて、住民に必要な栄養素を運ぶでしょう。それはつねに、あなたがどのような作用を望むかにかかっています。戦士のこぶしを使ってどのような作用を引きだしたいのですか？」

　ストーカーのパーミットが発揮しうる作用を解明するなど、考えたこともなかった。

だがいまや、ほかに選択肢はないのである。
わたしは、やらなければならない。

あとがきにかえて

鵜田良江

今回は、中学生のころにローダン・シリーズと「かすった」ときのお話をさせていただければ、と思う。かれこれ四十年ほど前のことだ。

当時、九州の街の片隅にもショッピングセンターができ、その一角にひろびろとした書店が開店した。図書館や福岡都心の大型書店は気軽に行ける距離ではなく、近所には学研の〝科学と学習〟を毎月配達してくれる商店街のちいさなお店くらいしかない。書棚のあいだにいるだけで幸せだった私は、自転車でせっせとショッピングセンターに通った。まず最初に目指すは、グイン・サーガの並ぶ国内作家の文庫本コーナーである。新刊が出ていないかを確認してから、ほかの本を物色するのが定番コース。グイン・サーガの並ぶ棚の前で回れ右をすれば、そこにあるのは翻訳ＳＦだ。おぼろげな記憶しかないのだが、おそらく百巻ほど出ているシリーズの第一巻ということで興味を持ったのだろう。平積みになっていたその本を手にとってみた。なにやら恐ろしげな事情聴取。色彩がぐるぐると回り、死にましたな、という血も涙もない描写。怖いな、私には向いていない気がする。そう思いながら静かに本を閉じて棚に戻し……

　さて、三年半ほど前、ローダンNEOシリーズ翻訳のお話をいただいたとき、最初に思ったのは、大変失礼な話で申し訳ないのだが、「ローダンってなに？」である。いやしかし読んでみなければ始まらないと、手にとった第一巻。《スターダスト》乗員のひとり、クラーク・G・フリッパーが落命するシーンにて、四十年ほど前の記憶が蘇ってきた。もしもあのときたまたま開いたページがトーラ登場のシーンであれば、その場で物語の世界に引きこまれ、違う人生を歩んでいたのではないだろうか。少年時代にローダン・シリーズを読んでいたという、京都大学iPS細胞研究所所長である山中伸弥教授のようにノーベル賞をとっていたかもしれない。いやそんなことがあるはずはないのだが、すくなくとも、NEOシリーズの翻訳のお話をいただいたとき、恐れ多いとお断りしていたと思う。私の場合は、知らなかったからこそ飛びこむことができたのだろう。

　四十年近い時を経て再会し、いまではすっかり魅了され、正篇の翻訳までさせていただくことになった。これもNEOシリーズを読んでくださった皆様と関係者各位の応援があればこそと、心から感謝している。

訳者略歴　九州大学大学院農学研究科修士課程修了，ドイツ語翻訳者　訳書『夢見者カッツェンカット』マール＆ツィーグラー，『永遠の世界』ボルシュ，『スターリンの息子』エスターダール（以上早川書房刊）他多数

HM=Hayakawa Mystery
SF=Science Fiction
JA=Japanese Author
NV=Novel
NF=Nonfiction
FT=Fantasy

宇宙英雄ローダン・シリーズ〈628〉

隔離《かくり》バリア

〈SF2304〉

二〇二〇年十一月　十　日　印刷
二〇二〇年十一月十五日　発行
（定価はカバーに表示してあります）

著者　アルント・エルマー　ペーター・グリーゼ
訳者　鵜《う》田《だ》良《よし》江《え》
発行者　早川　浩
発行所　株式会社　早川書房
郵便番号　一〇一 - 〇〇四六
東京都千代田区神田多町二ノ二
電話　〇三 - 三二五二 - 三一一一
振替　〇〇一六〇 - 三 - 四七七九九
https://www.hayakawa-online.co.jp

乱丁・落丁本は小社制作部宛お送り下さい。
送料小社負担にてお取りかえいたします。

印刷・信毎書籍印刷株式会社　製本・株式会社川島製本所
Printed and bound in Japan
ISBN978-4-15-012304-8 C0197